目次

怒りの子

TakAko
TakaHashi

高橋たか子

P+D BOOKS
小学館

第一章

1

「お姉さん、こんなこと言うてもええやろか」

美央子はさっきからながなが喋っていて、結局のところ、これを言うために電話したのだが、言いだしにくくて別なことを喋ってしまい、やっと、ためらいながら切りだした。

「何《なん》でも言うて。何言うてもかまへんよ」

初子は笑っているような声で、言った。

「ゆうべ、うち、けったいな夢みたんや」

美央子は思いきって言った。

「あほらし、夢の話？　そんなもん要らんわ」

初子は笑っているような声を茫洋とぼかしてしまって、言った。

「何でも言うて、何言うてもかまへんよ、て言うたやないの」

美央子は、いつでも何でも言える人というものを直観していたからこそ、遠縁の親戚にすぎない初子を、自分勝手にお姉さんと呼んでいたのだったが、たちまち撥ね返されて、むっとして言った。

「要らん」

初子は短かく同じことを言う。とは言っても、拒む声でなく、人を煙に巻くような声である。

「要らんて、何にもお姉さんのために言うのん違うえ、うちのためえ、うちが聴いてほしいね、要るのはうちえ」

美央子はくいさがった。

「そやけど、きりないし」

「何がきりないの？」

電話で長話しすぎたことかと思ってみるが、そうでもないような含みがあるので、美央子は言い返す。

「あんたがみた言う夢のこと」

初子はきっぱり言った。

「どんな夢かまだ何も言うてへんよ、それが何できりないてわかるの」

「そんなもんやないの、ほほ」

初子は軽く笑った。

「何がそんなもん?」

美央子は、相手が底なしだと日頃感じていることがいっそう感じられ、なおもくいさがる。

「そうむきにならんと。一日たったら夢のことはけろりと忘れてしまうし。人に言うもんやないわ。言うたら残る、人にも自分にも。残って、ほんまのことになってくる」

「へえ、そお、そんなら黙ってるわ」

何となく納得されるものがあって、美央子はそれ以上固執しないことにした。

何で、お姉さん夢のことよう知ったはるんやろ、と、口のなかで言った。

「お姉さんありがと。ほな、また遊びにいくわ」

「いつでも来て」

と言い合って、電話を切った。

けれども、すっぽり頭に生あたたかい蒸気の帽子をかぶっているような気分である。別に珍らしいことではなかった。なにか強い夢をみた翌日はまるまる一日こんなふうな状態が続く。たしかに初子の言ったとおり、一日たったら、どんな夢の残りも消えてしまうというのも、また不思議である。

けったいなこと、と、そうしたすべてにたいして美央子は呟いた。腹立たしさをこめてである。そのけったいなことそのものが腹立たしいといった気分なのだ。

ようわからん、と、また美央子は呟いた。ぼうっとした雲にまといつかれているようで、初子に話したらすっきりするかと思ったのだが、あんなふうに肩すかしを喰らわされてしまった。とはいっても、けったいだし、よくわからぬ、といったものは、昨夜の夢のことではかならずしもない気もしてくる。ぼうっと頭にまといついている雲は、じつは自分の中にもっと濃くあって、そこのところに目をやると、たとえば、いつか山へケーブルで登った時に天気がわるくて山腹より上ではすっぽり雲のなかに入ってしまい、もうもうと蒸気がとぐろを巻いていたのを、いま思い出すが、あんなふうなものが自分の中に広く深くあるのが感じられるのだ。いつもいつもそれを感じているが、今日はいっそうそうなのだ。

夢みたからやろ、と、美央子は言ってみた。そうなのかどうかわからなかった。誰かこのことで教えてほしかった。けれども、まわりを見まわしてみて、何かを答えてくれそうな人はいなかった、初子をのぞいて。

美央子は立ち上って、窓ぎわに立った。隣りの家で半分さえぎられているが、墓地が見えている。みぞれが降っていた。そうでなければ外を歩いてみようと思ったのだ。こういう眺めのアパートを借りるについて、知っている人たちは縁起がよくないからとうるさく言ったが、美央子は気にしなかった。初子だけはすすめてくれて、田舎から出てきて十ヵ月初子のところに置いていた仮住居を、やっと一人の住居へと切り換える一切の雑事さえ、てきぱき助けてくれた。

うち、お墓気にせえへん。

と、美央子は言った。

何であの人ら、あんな言わはるんやろね。お墓のあるとこひろびろしてるのに。場所もそやけど、もっと別の。何て言うたらええのやろ、見えへんとこまでずうっと見えてるもんが続いてる。

と、初子は言った。

美央子はぼんやりその会話を思い、窓ぎわに立っている。みぞれの、雨のすじに混じる白い点のところに、じいっと視覚をあてている。その半透明な幕のために今日は墓地がかすんでしまっている。

見えへんとこまでずうっと見えてるもんが続いてる、て何のことやろ。と、美央子は思い出している。

まあええわ、そんなことより火急のことがうちにはあるわ、と、自分に言う。

けれどもいったい何が火急のことか自分でもわからなかった。にもかかわらず、この生きている自分がいますぐ生きねばならぬ何かがあるという気がしていて、それを明日にでも、いや、今日にでも探さなければならない。

そうや、あの学校辞めよ、と、美央子はふいに思いたった。

去年の四月に田舎から出てきたのは料理学校へ通って栄養士の資格をとるためであったし、初子のところの仮住居からこのアパートへと、正月十五日に引越したのも、歩いて通える近さのところで自分と学校との間に親密な距離をもちたかったからであったのだが、ふいに辞めようという気になった。

はっきり決心したわけではないが、そうしたいと思った。

何でやろ、と、美央子は自問した。

よくわからなかった。けれども辞めようと思った途端に、これまでそこへ寄せていた熱心さが、すっと干からびてしまうのが感じられた。

依然として昨夜の夢がまといついている。細部まで妙にはっきりしていて、全体を包みこんでいた恐怖がまだ胸のところにある。いくらか薄れはしたが、その分だけ拡散して、自分の中のいいようもない広がりが、そのことの脈搏で息づいている。美央子は電車の線路を歩いていたのだ。田舎でよく知っている汽車の単線の線路に似ていた。両側はびっしり木が茂っていて、山の木のようでもあり住宅の大きな庭の木のようでもあり、ずっと先に次の駅が見えていた。夕暮か明方か、薄明がたちこめている。美央子はその駅のところまで早くたどりつきたいと歩を早めていた。なぜなら、単線なので、電車が来たら身をよけるところもないから。木が線路ぎりぎりまで茂っていて、いわば天井のないトンネル状をなしていたから。両側に壁のように立つ茂みと茂みの間を、電車が来たら、美央子は下敷きになるほかないのが、はっきりしているのだ。そのあたりから何となく怖れが萌しはじめていたが、それは日頃ごく日常のことで感じる程度のものにすぎなかった。ところが、電車でなくトラックが前方からゆるゆる進んできた。そのことを意外に思い、そして何輌もの電車より一台のトラックならまだ人間味があり、運転手にむかって手を振れば停車してくれるだろうという安心感があった。けれども、その気分とはうらはらに、理由のない恐怖が(なぜなら、手を振れば停車してくれるのだから)つのってくる。そして、手を振ることさえできず、壁のように立つ茂みの、とある凹みが、たまたま目についたので、そこへ身を入れた。この場所があったことは何と僥倖だったか。そこに潜んでさえいれば、トラックが擦過していき、そしてこの一件は済むだろう。にもかかわらず恐怖だけがつのっていく。停車をあれほど願っていた自分が、今度は擦過をこんなに望んでいて、というのも、じつは、停車するのではないかという別な怖れが萌しはじめているからなのだった。何が起るのかうっすらわかりかけ、この夕暮なのか明方なのかはっきりせぬ薄明るく薄暗い、線路だけ伸びている人気ない眺めの全体が、しいんと静まりかえって、そのことの予感を放射しはじめた。何が起るのか、口には出せないけれども、もう明白だ。自分にとって明白というより、いいようもない自分とは別な者が、それを知っている。そんな気分なのだ。案の定、トラックは、擦過していかずにゆっくり速度を落として停車の態勢をとり、そして、美央子のいる凹みを車体でふさいでしまうふうに停車した。何が起るのかを、その事実よりむしろ、つのりにつのった恐怖が告げている。この凹みで、殺されるのだ。起ることの一つ一つを、起るまでに知っていて、そのとおりに起っていくことの不思議さは、やはり自分とは別な者が知っているからにちがいない。こんな質の恐怖をいままで感じたことはない。と、夢のなかで美央子は考える。自分の奥のどこか、油の七色に発光するようなところで、その別な者が恐怖している、といった感覚なのだ。それがまた、ぞっとさせる。そうなると知っていたとおり、運転手の大男がトラックから線路へ跳び降りる。そして車体のむこうからこちらへ回わってくる。と、その時、もう死んでしまっている美央子は（もしかしたら自分でなく、さっきから自分の中にいる別な者、きっと、殺された女の人、なぜなら自分は夢をみているのだから、と、夢のなかで考えていた）その凹みに体を残して、蝶のように飛び立った。大男の手が、蝶を摑みそうになったところで、目が醒めた。

みぞれが降っている。雨に混じっている白い点々が、先程より増えてきている。雪になるのだったらいい。みぞれは内までびしょ濡れにしてしまう。

熱いお茶でも飲まんとたまらんわ、と、美央子は呟いた。

茶をいれるのも待ちきれず、台所からポットをもってきて、湯を飲んだ。畳にぺったり坐わって、両手に湯呑みの熱さをじっと抱いていた。

一日たったら夢のことはけろりと忘れてしまうし。人に言うもんやないわ。言うたら残る、人にも自分にも。残って、ほんまのことになってくる。

初子はそう言った。

言わんでも、思い出しただけで残ってしまうわ。こんなことにかかわり合うのたまらんわ。うちの知らんことやのに。

美央子は呟いていた。

シャワーに似た音がし、目をあげると、みぞれが雪しぐれになっている。強いタッチの白い線が、全部雪で、天から無数の小滝が落ちているようだ。

美央子は立ち上りまた窓ぎわに立つ。墓地も何もまったく見えなくて、隣りの家の日本瓦がたったわずかの間にまっしろになっている。

是非とも雪のなかを歩きたく、暖房を消すと、いそいで外へ出た。

うわあ、ものすごい、と、美央子は顔を上へむけた。

この都市では雪は珍らしくないが、雪しぐれは始終あるものではないと聞いている。特に都心部ではそうらしい。こんな降り方では、きっと、都市全体が白い現象にすっぽり包みこまれているにちがいない。

モルタル塗装の二階建のアパートの隣りは、墓地の管理人の住む平屋の家で、その先は土塀が続いている。美央子はたちまちまっしろになってしまったけれども、かまわず、どんどん土塀にそって歩いていく。何しろ、普通の雨にくらべて降雨量の何倍もある驟雨が、全部雪になったのだから、一分の間にどれだけ積ってしまうことか。オーヴァがひどく重たくなってくるのを、振りはらい振りはらい行く。そんな身振りとともに、体にみなぎっている若さが意識される。

つきまとっていた夢もこれで消えてしまった。強い夢はまるまる一日残るとはいえ、日曜の今日は、外に出ないでいたから、いっそう温存してしまったのかもしれない。

土塀を左に曲がると、両側が土塀になり、もともと人通りのないところだがこの天気では歩いている人は誰もなく、次に右に曲がると、今度は右側だけが土塀で、左側は、百年前からのような古び方の、小さな家々が並んでいる。

髪にのしかかるほどの重さになった雪を、首の一振りではらい、足早に行く。何処へ行く当てもないけれども、足早なのが爽やかである。

ふいに、雪しぐれがやむ。歩くことにせいいっぱいであまり気にしないでいたが、それまでずっと宙空全体に囁きのようなものの鳴っていたのが思われ、それが、ぴたりとやんでしまった。たったいままで見とおしがきかなかったのに、土塀も貧しい家々も、なぜこのあたりに残っているのか空を突くように立っている二本の欅の巨木も、そして狭い道も、すべてが白く変化していて、しいんと静まりかえっている。

そうや、この道歩いて、お姉さんとこ行こ、と、美央子は思いつく。

初子のところまではバスに乗らねばならないほどの距離だが、この歩行にそういう目的をあたえることで、美央子は力がでてくる。さきほど電話でたっぷり話をしたのだから、いま初子に特に会いたいわけではない。けれども、日曜という日の居所なさが、夢によって触発された自分というものの茫漠さと相俟って、やりきれない。初子のところに住んでいた頃は、毎週土・日はかならず田舎へ帰っていたのだが、正月十五日から一人で自由に暮らすことに決めたものの、その一人の自由さが、最初の日曜にさっそく処理しがたいものにみえはじめる。

また雪しぐれが始まる。

うわあ、おもしろ、と、美央子は言い、目を空へやる。

混沌と白い体積が上方にかぎりなくあって、そこから、仰向けた顔を、ぱしぱし鞭打つふうに雪の強い線が打ちにくる。

その感覚をたのしむ間もなく、すぐやんでしまう。

何や、あほらし、と、美央子は呟く。

それでも歩いていくと、また始まる。

美央子は全身でたのしむ。何よりも顔いっぱいに浴びるのが快い。雪のシャワーのぜいたくさに浴しているのは、自分のほかいなくて、平屋に中二階がついているだけの小さな家々の建てこんだ界隈へ入っていっても、人々は家にこもっているらしくて、あいかわらず誰にも出会わない。そして、耳を傾けると、宙空全体が軋み音のような音をたてて囁いているのである。

狭い道を、やっと、人がよこぎっていく。頭に毛糸のマフラーを巻きつけて首をちぢめた女が、八百屋から出てきて、豆腐をいれた鍋をもっていて、反対側の家へ入っていく。その豆腐のさむざむした色の上に、雪しぐれが落ちる。孔をうがつのではないかと気にする間もなく、女は家へ消えてしまった。

雪しぐれは、ふいにやんだり、ふいに降りだしたりを、何度か繰り返し、初子の家に着く頃には、また元のみぞれに変わってしまった。

「何え、急に来て？　さっきの電話で何にも言わんといて」

初子は、美央子のすっかり濡れたオーヴァを脱がせながら、ちらと顔を見て言った。ちらと見るだけで、全部見ているると、いつも美央子の感じるあの視線である。

「知らん」

美央子は答えた。

「知らんて、おかしな人」

初子は笑っている。それから、乾いた手拭いを取りに茶の間へ行く。

台所の土間に立っている美央子のところから、十畳敷の台所の左にある茶の間に、誰か居馴れぬ人のいるらしいのが感じられた。初子がその人に低声で話すのが聞え、ふいに美央子は、潤むような痛むような気分になる。それが思い出にすぎないふうに過ぎていこうとする時、和服姿の人影が、ついと出てきた。

「いや、びっくりするわ、松男さん、帰ったはったの」

美央子はきらきらした声をたててしまう。さっきまでの声とは質の違う声になっているのに気づき、大きな声で笑いだしてしまう。なぜ笑うのか自分でもわからない。排泄物のように出てしまう。

「風邪ひいてしもてね」

松男は、出てきたところに立ったまま、笑い声がひとしきり続いておさまると、和服と風邪との関係を示すふうに言った。

「風邪ぐらいでわざわざ帰って来ゃはったん?」

「この家かなんわ、どこもかしこも寒うて、風邪ひくように出来てる、帰るなり」

松男は、白い首をすっと傾けて、ちょっと失礼というふうに挨拶の仕種をすると、台所の奥の引戸をあけて、すぐ閉め、そのむこうに消えてしまう。階段を上っていく秘やかな音がしていくのを、美央子は台所の土間に立って耳でずっと追っていたので、初子が目の前にいてタオルを突きだした時は、まったく別なところにいた落差に戸惑った。そのまったく別なところとは、自分をとらえていた夢が巣をつくっているところと、何処かでつながっているようでもある。

「ほら、湯気立ってる、若いなあ」

初子はびしょ濡れの美央子の髪を、乾いたタオルで手早く拭く。

「燃えてるもん、うち」

美央子は言ってしまってから、気づく。

いったい何に燃えてるんやろ、と、呟く。

「お姉さん」

と、何を話しだすやらわからぬまま呼びかける。この言い方は、美央子が自分なりに信頼のニュアンスをこめて使っているものなのだ。この都市では、姉ちゃんという言い方しかないのだから。

「何、美央子さん?」

初子は、美央子の長い髪を小さな束ごと取って、タオルで揉んでいる。美央子よりほんのわずか背が高い。

美央子は自分の髪を初子にゆだねたまま、見るともなしに初子を見ている。パーマのかかった髪をひっつめにし後ろで束ねて垂らしている。額ごとまるまる出ている上に、まったく化粧をしていないので、顔をさらけだしている。その色白さは、松男の色白さと同じだ、と美央子は気づく。二人は血のつながりはないけれども、この都市の生えぬきの顔色なのだ。自分はといえば、女としては色黒のほうだった。

黒いの流行やから、うち、これでええ。

と、美央子は呟く。とはいっても、初子の顔色の底の底まで白いのを羨んで見ているのも感じている。

お姉さんと競争しても仕様《しよ》がないわ、うちは若い、そしてお姉さんはおばあさん。

美央子はまだ三十七、八の初子にそんな呼称をあててしまって、ちょっと安心する。けれどもいったいぜんたい何が安心なのか自分でもわからない。

自分の内が茫漠としている。何か定まるものがほしい。それを与えてくれる人は、まわりを見まわしても、誰もいない、この初子をのぞいては。

「松男さん結婚しゃはるんやね、そいで東京から帰って来ゃはったんやね、そやから、風邪ひいてもあんな大島着たはるんやね」

考えてもいなかったことを自分が言ってしまって、美央子は啞然とする。

「おかしな人、美央子さん」

初子も啞然とした顔をし、髪を揉む手をとめる。

そうではなかったのだということが、思いもかけない自分の発言をとおして、明るみにでたことに気づくと、美央子は胸の底からあっけらかんとした笑いがこみあげてきて、またしてもたてつづけに笑ってしまう。

「おじさんお元気？」

美央子は早く話題を変えたくて、言わずもがなのことを言う。初子にはお姉さんと呼び、その夫にはおじさんと呼ぶ言い方を、田舎からこの家に来て以来自分で押し通している。

「そこに居ゃはるのに。入ってくる時見ゃはらへんだん？」

初子は顎で入口のほうを示す。

「こんなびしょ濡れやったし、跳びこんできたし」

それでも美央子は、この家を入ったところの事務室に、日曜だけれども一人で帳簿を見ている、黒縁の眼鏡をかけた常男が、入ってくる客にガラス戸ごしにかならずむける慇懃な頰笑みを、自分にもむけたのを知っている。

正反対の兄弟、陽と陰、と美央子は考える。さっきの松男の、風邪のせいだけではない物憂げな物腰と、何をどう思っているのかいっこうわからぬ無表情な眼ざしとを、思い返してみる。

「こんなもんでええやろか、ちょっとはましになったやろ」

初子は二、三歩後ずさり、乾き具合を眺めようとするふうに、美央子の頭部のあたりをまっすぐ見る。

切長の目である。きいんと刃のように鋭くて、けれども初子はたちまち、凝視によって見せてしまったそんな目付きを何処かに納いこみ、茫洋としたものをかぶせてしまった。台所の上り框には、使った三枚ものタオルが揉みくしゃになって丸められている。

あの目で、お姉さんにつつぬけに見られてしもた。

と、美央子は考えた。何を見られたのかいいようもなかったけれども。

「さいなら」

と、美央子は言った。

「何え、もう帰るの?」

初子は、別に驚いたというふうでなく、言った。

「歩いてたら、ここまで来てしもただけやし」

たしかにそうであった。

「上ったらええのに。こんなとこに立ったまま。うちかて、足が凍てついてきたわ」

「うち若いし、かまへん、お姉さんと違《ちご》て、うち若いし」

また理由もなく張り合っているのを感じる。

「そんなら、またみぞれのなか歩いて帰って。あっち帰っても、誰も髪拭いてくれる者《もん》あらへんわ」

初子はやんわりしっぺ返しをした。目は笑っている。

「晩御飯よばれて帰ろか」

アパートですごす最初の日曜の夕食の物足りなさが思われてくる。

「松男さんも居ゃはるし」

初子は別に底意あるふうでなく、さそった。

「松男さんいつまで居ゃはるの？」

これを聞きださずにうっかり帰ってしまうところだった。

「ずっと」

「へえ、ずっと？」

もっと聞きたいが、これくらいにしないと何かが表われてしまう。

「一年か二年か知らんけどね」

「何で、お姉さん知らんの？」

「お他人《ひと》のことわからんよ」

初子はすこしきつく言った。

そんなことだったらアパートに引越すのではなかった、と美央子は思い、同時に、やはりこれでいいのだ、とも思う。

「やっぱり晩御飯いらんわ」

その思いの延長で、そう決めた。何となく息ぐるしくなってくる。

「おかしな人、美央子さんて、はっきりせん人ね」

「うち、よう人にそう言われる」

「若いしやわ。若いと、何でもいろいろ出てきて」

「いろいろ出てきてて何のこと？」

「自分の中のあれやこれや」

「そうかもしれん」

「若いしやわ」

初子は、さっき美央子が自分は若いからと張り合ったのを、逆にするふうな言い方をした。

「うちは特別そうなんや」

美央子は十把一絡《からげ》にされたくなくて、言った。けれども自慢にできるたぐいのことではさらさらない。まさにこのことが生き悩ませているのだ。

「中心がないとあかんよ。美央子さん見てると、ほら、温泉場で坊主地獄ていうの知ったはる？　あれみたい。熱い泥からぽっぽっとあちこちに噴きだしてて。噴きだすけど、元にもどってしもて。それでも、また別なとこから噴きだして、それ繰り返してるの、見やはったことある？」

「うち、そんなん違う」

突嗟にそう言ったが、そう言われてみればそのとおりのようである。

「そう？　そんならええわ」

初子はあっさり自分を引っこめてしまった。

だから、よけいに、美央子にそのことが膨脹感をもってくる。

「ほな、さいなら、帰るわ」

美央子は、自分の不安定さに何処ででも直面する感じがして、退場することにする。中までみぞれの滲みとおってしまったオーヴァを、来た時に初子が吊るしてくれた帽子掛けの鉤から、取ろうとすると、初子は制し、自分のオーヴァを取りだしてきた。

「自信ないわ、お姉さんに似合う色、うちにはあかん」

美央子は、色白の初子が着るといっそう顔がひきしまるにちがいない黒のオーヴァに、袖をとおして、言った。もっとも、着古して着なくなったのか、これを着ている初子を見かけたことはなかった。

「そんなこと言うてるどころやないわ。美央子さんのオーヴァ、クリーニングに出すから、できてくるまで、それ使《つこ》てて」

初子は傘も取ってきて、美央子に手わたした。

ついでにバス代を借りたかったが、言いだしかね、歩いて帰ることにする。出がけに、ちらと、自分の狐色のオーヴァの吊るされている形に、目をやる。去年の春、高校卒業の直前に買ったもので、オーヴァはこれ一着しかないので、秋から冬へかけて毎日料理学校へ通うのに身につけ、すっかり自分の体形をなぞる形になってしまっている。体の臭いも染みこんでいて、狐色がまるで自分の肌色のようだ。濡れてしまっているのでいっそうなまなましい。それが誰かの目に触れることを思い、ぞくっとする。

誰かの目て、誰のことやろ？

と、自分でもあいまいにしてしまう。

初子に送られて、台所の土間続きの店の土間へ出、表《おもて》の引戸の手前で事務室へ目をやると、遊びに出て帰ってきたところらしい小学校六年の小百合と、常男が、さも仕合わせそうに喋っているのが見え、常男は娘に気をとられてだろう、あの習慣となった視線をむけなかった。

「あ、雪になってる」

美央子は薄ぼんやりした暮方の空気を、ぼたん雪がびっしり占め、音もなく下降しているのを見た。

「こんな寒いから。今年は特別寒い。雪多いて予報で言うてるよ」

初子は、揉み手をし、すこし首をちぢめて、言った。

「お午《ひる》から、みぞれになったり雪しぐれになったり雪になったり」

美央子はなぜともなく爽やかな気分になっていた。

「ちょっとおかしな気がする。うちの着馴れたオーヴァを、美央子さんが着てるから、後ろから見てると、うちが歩いてるみたい。そやけど、体の形がまるまる違うし、美央子さん肉ついてるし。それでも、うちがここに居るのに、そっちにもちょっと居るみたい」

初子の言葉が追ってき、美央子はすこし振り返り、そして歩いていく。

傘の上に、ぼたん雪がぼそっぼそっと音をたてての る。

うちの着馴れたオーヴァを美央子さんが着てるから、と初子の言ったのが、美央子に妙にまつわりついている。初子の着ているのを見たことがないからだ。美央子の知っているかぎり、初子は薄むらさきのオーヴァを外出着にしていたし、買物などには紺と緑と黒のチェックの半オーヴァを着ていたから。

長年着馴れた、ということやろ。ええ思い出でもあるのやろ。

と、美央子は呟き、その推測を振り捨てる。

先程からの爽やかさが快い。朝からずっと、いうにいわれぬ波のように打ち寄せてきて、忘れていると、また打ち寄せてきた、あの不安な不安定な気分が、この新しい気分にすっかり取って代わられている。

傘の上でぼたん雪が重たくなってきたので、傘を閉めて、上下に振り、はらい落とす。その間に、雪片が、頬や睫毛や首筋にのってくる。

うちがここに居るのに、そっちにもちょっと居るみたい。またしても初子のセリフの一部がまつわりついてくる。

そう言われてみると、お姉さんをちょっと借りてるみたいやわ。オーヴァやのうて、お姉さんていう人を。

なぜそんなことを考えるのかさっぱりわからぬが、そう呟き、そして、呟くことでそんな気になる。

お姉さんて、どことのう気分のええ人やもん。うちも、いま気分がええわ。

雪のせいだけではないのを何となく感じている。けれどもよくわからなかった。とにかく、ふいに降って湧いたこの爽やかさとともに歩いていきたい。

雪はたちまち積もってしまっている。みぞれで水っぽくなっていた道路も、さっきから降りつづいていたらしいぼたん雪が、雪で固め、来る時はこのあたりでぴちゃぴちゃしていた足もとが、いまはきしきししている。レインシューズでアパートを飛びだしたので足だけは濡れずにすんだ。

また傘が重たくなってくる。傘を閉め、上下に強く振る。その動きで、傘の雪が飛沫のように大きく散り、上から降る丸い雪片も砕け飛ぶ。下町の細い通りは、日曜の夕方なので、しもた家の合間にぽつんぽつんとある店家もたいてい閉っていて、時折、八百屋とかパン屋の明りが、雪に閉ざされゆく夕闇を驚かせている。美央子は、すこしも寒くなく、内から湧きでる若いいのちにほんのり酔ったようになり、傘を閉めてしまって雪に降られて歩きたいけれども、初子のオーヴァなのでそういうわけにもいかない。

やっぱり雪のせいやろ。

美央子は脈絡なく呟く。さっきから感じるすべてが脈絡のないこととして知覚され、だから、どんどん忘れていく気分になり、いまここにいる一瞬が快いのでそれでいいと思う。

2

雪は降らなかったがずっと爽やかさは続いていた。日曜ふいに、料理学校を辞めようと思ったのだったが、夢のなかの一片の思いのようなものにすぎなかったらしく、習慣のもつ力のほうが強くて、それに押されて薄れ、美央子は、翌日の月曜は自分でもけろりとした気分で学校へ出、ずっと今日金曜まで続けて出た。とはいっても、辞めようという気分が消え去ったわけではないのがわかる。けれどもそもそも理由らしい理由はないのであるから、あまり働きかけてこない。

美央子さんて、はっきりせん人ね。

人はそう言い、そして、そう言われた時に自分がそうなのだと気づかせられるけれども、いったいどのようにはっきりさせる方法があるのかもわからなかった。

高校を出る前に、将来のことを考えるについて、栄養士の資格をとろうと思いついたのは、料理をつくるのが好きで、このことにかけては頭がよくまわり、手先も器用だからであったが、同時に、遠縁の初子の嫁いでいる先に間借りして都会人として暮らしたいと思ったのだった。田舎といってもこの都市から汽車で三十分ほど離れたところにすぎないが、田舎を出たかった。大学はまったく乗気がしなかった。

そんなことを思い返しながら、美央子は料理学校からの帰路をアパートへむけて歩いている。すくなくともその程度にははっきりしていると思うが、それとてもどこか茫漠としているとも思える。何かを決めるについて熱情をもって飛びこんでいく友達を、何人か知っているが、あんなふうなものが自分にはまったくない。

うち、よう夢をみるなあ。

と、美央子は呟く。

自分の生きていることも、ああした夜の夢と質的に変わらないように感じられた。はっきりしないばかりでなく、何処かへはてしなく拡散していっていて、いろんなものがちぐはぐに混じっていながら全体として体温のような生あたたかさのうちに温存されている、そんな自分が、ここに生きている。

バス通りから、中二階のついただけの小さな家々がうなだれるふうに並らんでいる通りへ入る。考えごとをしていたので、帰りにいつも立ち寄るバス通りのスーパーを通りすぎてしまったのに気づき、先日雪の時に豆腐のはいった鍋をもった女が出てきたあの八百屋で、買物をする。肉は何日分か冷凍しておくので、野菜を買い足せばいい。何しろ、料理をつくるのが好きなのだから、一人暮らしを始めてから念入りに材料をそろえる。とはいっても、親からの仕送り額を増やしてもらったとはいえ、初子のところに食費だけ出して世話になっていた時より費用がかさみ、何かにつけて節約しなければならない。そんなやりくりは、しかし、自分が一人で生活しているという実感を強めてくれる。

畑菜《はたけな》と生しいたけをいれたビニール袋をさげて、歩きだす。両側の家並のあちこちから機織の音が聞えてくる。アパートを決めるについてはじめてここを通った時、いったいぜんたい何の音だろうと思った。うなだれて、冥さを両腕で隠すふうに抱きかかえている、といった感じの家々が、その冥さのところで呟くような音をたてている。まるで外へ聞えてはいけない音のように、奥のほうから洩れでている。

うちかて、めったに耳にすることあらへんわ、こういうとこを通らんかぎり。

と、そのとき同行してくれた初子が説明した。

その一劃を通りすぎると、どことなく閑散と間伸びした一劃に入る。土塀が左手に始まるからであるが、その中が何なのか美央子はいまだにわからない。かなり古い椿の梢が内側に続いているのが見えるばかりなのだ。土塀は白い上塗りがあちこちでひどくはがれている。突きあたりがT字型の辻で、そこも白い土塀が右左に伸びていて、けれども、壁土のたちも上を飾っている瓦の並らべ方もぐんとお粗末である。その中が墓地であるのを美央子は知っている。アパートから見えるからだ。けれどもこうして道を通っているかぎりは中が見えないのだから、もしかしたらこちらの土塀の中も別な墓地なのだろうか、と思ってみる。この白壁ばかりの眺めの上に、しらじらとした曇り空がのしかかっている。風はないけれども、人家のない一劃なので空気がいっそう冷たい。とはいっても機織の音の聞える通りを歩いていた時もひどく寒かった。どの家も暖房などしていないかのようで、うなだれた低い構えごと寒さに身をちぢめているふうだった。

墓地の土塀にそってすこし歩くと、木の扉がある。吹きさらしの木肌がぼろぼろになっていて、繊維が浮きでている。このあたりから内は墓地管理人の住居になっている。家はずっと奥で、そこに達するまでは菊ばかり植わった庭になっている。美央子の部屋から首をつきだせばそれが見える。もっとも菊は、いまは冬枯れ、茎と枝が、錆びた鉄条網のようにいっぱいからまっている。

この道はすぐ突きあたりになり、そこは幼稚園だけれども、門がこの一劃の反対側にあるので、こちら側とは無縁なまま背をむけている。墓地管理人の住居にそって右に折れ、その平屋のむこうに、木造二階建のアパートが見えてくる。建ってから七、八年するらしく白いモルタルが黄ばんできているけれども、屋根が、よくアパートに使われている洋風の色瓦でなく、この都市の家々と同じ日本瓦で葺いてあるのが、美央子には気にいっている。

「お帰りやす」

玄関の前を手帚木で掃いていた管理人の島田八重が、手をとめ、背をのばして、言った。

「ただいま」

美央子はそう言うだけでとどめておき、さっさと通りすぎ、表の引戸をあけた。

「藤原さん、ちょっとちょっと」

島田八重は追いかけてき、自分が先に入り、玄関わきの自分の部屋のドアをあけたところで、振り返り、手招きする。

美央子は笑顔をむけた。相手が気のよさそうにみえる笑いを浮かべていたから。

島田八重は中へ入って、なにかせかせかと紙の音をたてていたが、出てき、中へ入るようふたたび手招きし、美央子が入りきると、ドアをきちんと閉めた。

「ほら、これ」

島田八重は手にしていた半紙に包んだものを押しつけるふうにした。

「何ですか」

この都市の人々にまだ馴れていない美央子は、いつも口数すくなく言うことにしている。

「食べとくりゃす。おすそわけどす」

島田八重はあいかわらず笑っている。

「ありがと」

美央子は受けとって引きさがろうとした。ミシンが置かれていて、畳に布の端ぎれの散らばっている部屋が、上り口から見えている。

「藤原さん」

島田八重は目の下に大きなたるみのできた目をちょっと見ひらくふうにした。

美央子は自分の親ほどの年齢の人は苦手である。

「あんたさん、勇気のある人どすな」

島田八重は宝を出ししぶるふうに、何やら一つ一つ言葉をたぐりだしてくる。

美央子は黙っている。

「そこのお墓、あんたさん、夜中に一人で歩いたはるんどすて？　明りも何にもあらしません、晩に墓参りするお人など居やしませんからな、まっくらけどす。そんなとこへ、ようお行きやすな。夜中に、散歩しといやしたと？」

島田八重は最後のところで目をまるめた。

美央子は茫然とする。

「うちが？　夜中に、お墓の散歩やて？」

「へえへえ、そうどす」

島田八重はゆっくり首肯する。

「けったいなこと」

美央子は大きな声になってしまう。

「ほんまに、けったいなことどすな。勇気の要ることどすな」

「何でそんなこと言わはるんです？　うちのしたこともないこと言わはるから、びっくりしてしもた」

はげしい血に似たものが突きあげてくる。

「そんな恐い顔せんと」

島田八重のほうは、逆に目を細めた。

美央子は涙さえでてきそうになる。

「聞いてみただけどすがな、ほんまかいな思《おも》て」

「誰がそんなこと見ゃはったんです、うちのしてもいんことを？」

美央子は詰問の調子になって言う。

「わたしとは違います」

すっと遠のくような顔を、島田八重はする。そして、つけ加える。

「ちょっと聞きましたもんでな」

「誰から聞かはったん?」

「山本さんどす」

「うち、そんな人、知らんわ」

「山本ますみさん」

島田八重は声をひそめて、廊下をへだてて管理人部屋の向いに当る部屋のほうを、指さした。

「会うたこともないわ」

「藤原さんの部屋の真下で、藤原さんと山本さんのとこからだけお墓が見えまっさかいに」

「どんな人です?」

「やさしいお方どす」

まるでくらげを掴むようで、美央子はこれ以上島田八重と話を続けることができなかった。

「これ、ありがと」

美央子は、菓子のはいっているらしい半紙の包みを、ちょっと持ちあげて言い、そして、管理人部屋のわきから上るようになっている階段を、いそぎ足で駆けのぼった。狭い土地ぎりぎりに建てたアパートだからか、階段は急勾配で一直線に、二階へ上っている。階段下は島田八重の部屋の物置にでもなっているのだろう。そして島田八重の部屋の真上は、共用の洗濯場と干し場になっていて、廊下をへだてたその向いが美央子の部屋である。

入ったところが台所続きの上り口で、奥に六畳の部屋がある、それだけの狭さだが、意外に壁が厚く出来ていて、あまり隣室や階下の音は伝わってこない。自分の部屋のドアを閉めると、たったいまの場面とも距離のできた確かさが感じられ、もうそのことは考えないことにし、台所にビニール袋を置き、オーヴァを脱いで、上り口の壁の鉤に、ハンガーにかけて吊るした。

六畳の部屋へ入りかけて、オーヴァに目をやる。今日で数日借りている初子のものである。みぞれで濡れてしまった自分のものが、クリーニング屋から出来あがってくる時が、何となく待たれる気分である。オーヴァのためではない。それを取りに、岩崎家へ行けるから。

いつでも御飯食べにきたらええよ。

と、あの別れ際に初子は言った。

かまへん、うち、一人がええし。

と、美央子は突っぱねてしまった。

一人居の日曜の居所なさが自分をも失わせそうで、岩崎家へ何となく行ってしまったけれども、思いがけなく新しい状況があって、やはり御飯など食べにいくどころではない。とはいってても、たったわずかの違いで引越してしまったのが残念でもある。

「お姉さん」

美央子は初子の黒いオーヴァに触ってみる。ずっと前のものか最近の流行の型ではまったくなく、けれどもひどく着古したようでもない。たとえば初子が結婚前に愛用していたとも思えるような、どこか俗気のない雰囲気が匂いでている。

うちがここに居るのに、そっちにもちょっと居るみたい、と、初子は言ったのだった。

初子がこのオーヴァに執着しているとしか思えないセリフである。

「うち、お姉さんみたいに、どこかしいんとしていられたら」

美央子は声にだして言ってしまったことに驚く。

初子にはどこか内の内に静まりかえっている部分がある。そういうものを美央子が欲しいと思うのは、やはり、さっきの場面がいいようのないぬかるみのようなものを自分に作りだしているのを、おぼろげに感じるから。部屋のドアを閉めた時に外へ閉めだしてしまったのに、他ならぬ自分の内の、おぼろげな場所で、それが濃く息をしているのがわかる。

そや、聞いてみよ、そしたらすっきりするわ。

美央子は呟いて、いそいで廊下へ出た。

その動作とともに、自分の内にあったそのものが、いっしょに出たような気分があった。廊下も階段もひどく寒い。早く解決したいものへ、美央子は急ぐ。

山本ますみ、と、細い小さな字で書かれた紙の表札の前で、一瞬息をととのえ、それからノックする。

「はい」

と、その細い小さい字と同じような声がした。

美央子は、底ぐろい目をした女を勝手に思い描いていたので、ドアをあけて出てきたのが、自分よりすこしだけ年上といった感じの、どこかおどおどしたような表情の女だったので、いくらか戸惑う。

「はじめまして、わたし、この真上の藤原美央子です」

美央子はそう切りだした。

「こんばんわ」

と、山本ますみはあいまいな顔で言った。

煮物の匂いと音がし、夕食の準備中なのがはっきりしているので、美央子は言わずに引きさがろうかと思った。どうでもいいことのようにも思えてくる。けれども同時に、内から迫きたてているものがあるにはある。そのほうが強まった一瞬、美央子は言ってしまう。

「さっき、管理人さんがけったいなこと言わはるんです。そこのお墓ね、うちが夜中にお墓のまっくらけのとこを散歩し、それを山本ますみさんが見ゃはって、藤原さん夜中にお墓散歩しゃはる、勇敢な人、て、言うたはったて」

美央子は一気に言った。胸がどきどきしてき、山本ますみをじいっと見た。

「わたしが、言うてたて?」

山本ますみはゆっくり物を言う。一重瞼の目が、まっすぐに見ているけれども、目に動きがない。

「管理人さんが言うたはるんです」

美央子は山本ますみに顔がくっつくほどすれすれに立っている。自分はスリッパを脱ぐ場所にいて、一段高い上り口にいる山本ますみと同じ高さになっているばかりでなく、その上り口の板間には、下駄箱やスリッパ立てや掃除道具その他がびっしり置かれているので、二人は相接するほどにならざるをえない。

「そしたら、管理人さんが言うたはるんやわ」

山本ますみは白い顔に同じ表情を保ったまま、言った。

「いいえ、山本さんが言うたはったて、管理人さんが言うたはるんです」

「そやけど管理人さんが言うたはるんでっしゃろ、そしたら管理人さんが言うたはるんやないの」

「……む」

と、意味のない音を、美央子はたてる。呻きの先端が洩れでたふうにも自分で思う。とはいっても別に呻いているわけでもない。けれども何処かで何かが呻いている。

「わからはった?」

山本ますみは微笑した。はじめて彼女の目がうごいた。

「ううん、わからへん」

美央子はすっきりさせようとして出てきたのに、いっそうぬかるみに直面しているのを感じる。

「藤原さんおいくつ?」

山本ますみは微笑のまま言う。はじめて目がうごいたので微笑のようにみえたけれども、そうでないようでもある。

ようわからん。

と美央子は呟く。

「十九です」

「わたしのほうが年上? 藤原さんのほうかと思たわ。藤原さん大柄やし、二十二、三かと思たわ」

「山本さんおいくつ?」

「わたし、言わへん」

じぐざぐと、きつく表情がうごくのを、美央子は見る。形のいい薄い唇が割れて、鬼歯がのぞいた。

「人の分、聞いといて」

美央子はすこし相手に馴れてきて、ぶしつけに言う。

「わたし誰にも言わへんの」

山本ますみは自分にうっとりしたような声で、言った。

「ごめんね、御飯の仕度時に」

美央子はこの場面をも早く切りあげたかったので、ドアの取手に手をやった。

「さっきのこと、わからはった?」

山本ますみはまた微笑した。

「ううん、全然」

美央子は強情に言った。

「そんなら、仕様がないけど」

山本ますみはぼうっと顔をかすませてしまった。

廊下に出、管理人部屋の向いとはいえ、玄関にむいている管理人部屋から見られることなく、そのわきの階段を上っていきながら、美央子は、島田八重と山本ますみのそれぞれの、くらげを摑ませられるような物言いに、すっかり撫でまわされたのを感じる。

すっきりしたかった。けれどもすっきりさせたいと思っているものは、かならずしも話題そのものではないようにも思える。自分が物を盗んだというようなことなら何としてでも晴らさなければならないが、このことはそういうたぐいではない。けれども、だからこそ、利害や名誉や自尊心と無縁だからこそ、いっそう妙なところへ引きずりこませられる。そして、引きずりこまれたその所は、自分の生きていることの茫漠としたいのちの中身でもあるらしいのだった。

自分の部屋にもどると、夕食の準備をはじめた。帰る道で思い描いてたのしみにしていた献立も、どうでもよくなり、いちばん手っとり早く出来るものを何でも食べておこうと、牛肉と野菜をこまかく切ってサラダ油でいためた。

今年度の後期から続いている食品学や食品衛生学などがひどく空疎なものに思えてき、先日ふいに料理学校を辞めようと思い立った時の気分が、また持ちあがってくる。

美央子は、ゆっくり料理をつくってゆっくり味わって食べるいつもの習慣に反して、せかせかと食べ終えた。そして、食後すぐ台所をきれいにしてしまう習慣なので、食器を洗い、生ものの屑をポリ・バケツに捨て、ステンレスの汚れを洗剤できちんと洗いとり、その水気を乾いた布で拭きとり、台所が食事の跡をとどめぬものになるまで手をうごかしていた。それが終ると、気持がいくらか落着いた。

それから、ぽつんと居間に坐わる。まだテレビも買ってなくて、何もすることがない時に気をまぎらせるものがない。ポータブル・ラジオのボタンを押してみる。ニュース解説の声がざらざら音をたてるような事実を耳に押しつけてきたので、快い何かのチャンネルを探そうとせず、すぐ切ってしまう。田舎から岩崎家へ持ってきていたものだけをこのアパートに納めた現状では、見た目にも人が生活している空間にはなっていなくて、畳や壁の空いている部分ばかりが浮きでている。小型の洋服ダンスと本箱と勉強机とポータブル・ラジオと電気スタンドとカレンダーと置時計と、備えつけの電話器と、それしかない。

ノックの音がする。

誰なのか見当もつかない。引越してきて以来これまで戸口に現われた人は島田八重だけだった。

美央子は、上り口まで出、けれども返事をしないで立っていた。

ふたたびノックの音がする。控え目な遠慮がちな、それでいて粘りつくような意志のこめられている、と感じられる音が、すぐ近くに立っているから、美央子に聞きとれた。

山本ますみにちがいない。返事をしないでいたのは最初からそんな予感が体の奥に起こったからかもしれない。相手にたいして呼吸をととのえる必要がある。そう意識したわけではないけれども体がそう反応している。

ドアをあけると、思ったとおりだった。

「これ、おすそわけ」

山本ますみは、半紙に包んだ小さいものを、廊下に立っているところから差しだした。

ふと美央子は、白昼夢のような気分に、体を宙にすくいあげられる。同じ経験を何処かでし、まったく同じものが反復されていることが夢のなかのようなのだ。

その気分からもがき出て、美央子は言った。

「何くりゃはるの?」

美央子は微笑した。

「お口に合うかどうか知らんけど」

山本ますみは微笑しているような目の細め方をした。上り口の壁面の電灯をまともに受けているので、色白なのがいっそう白くみえる。

「山本さん京都のお生まれやろ」

美央子は包みを受けとりながら、言う。

「そりゃもう、ずっと何代も京都やわ」

山本ますみは今度は本当に微笑した。自分の生まれを口にすることで内からたのしくなってぬまま言った。

「色白いし、すぐわかる」

美央子は、お世辞のつもりなのか相手と和解したいと思うからなのか、自分でもはっきりせぬまま言った。

「水がええから。何代も、その水で顔洗《あろ》てるから」

山本ますみは片頰に手をやって、言った。顔が白い上に、髪も黒い。いま流行の、長目に垂らした髪を段々にカットした髪型にしている。色白で黒髪といっても、きれいなものがどこか決定的に欠けている。

「わたしは田舎。田舎て言うても汽車で三十分やけど。ここと地続きみたいなとこやけど」

美央子は卑下ではなく事実を報告する気分で、言う。

「地続きて、山があるし。京都て言うのは、ここの街だけのことやわ」

山本ますみは、やわらかい口調に小さな棘を混ぜる。

「わたし、料理学校行ってるの。山本さんは何したはるの?」

美央子は話しているうちに、山本ますみの物柔らかさが無害なものに思えてきて、気持をひらいていく。

「ビジネス学校。もうすぐ、この三月で卒業やけど」

山本ますみも垣根をとりはらった話し方になってくる。

「料理学校おもしろないわ、栄養士の資格とりたい思たけど。あんたのビジネス学校どんな資格くれるの?」

「わたしは秘書技能と簿記とペン字と。秘書学科やから。わたし高校出てから一度お勤めしたんよ。そやけど、やっぱり専門学校で習得した人と、ポストもぐんと違てくるし、そやから、いまがんばってるの」

「もう就職決まる時期やろ」

「それがなあ、なかなか。行きたい思うとこ行けへんし」

「料理学校出たかて、レストランやホテルや病院に就職するだけやもんね。ビジネス学校やったら、いろいろいっぱいあるの、ええね」

「藤原さん何になりたいの?　何したいの?」

「知らん、全然知らんわ、うち」

「ほな、何で資格のこと、そない言わはるの?」

「何でやろ?」

美央子の言い方にユーモアがあったのか、山本ますみは笑いだし、美央子もいっしょに笑う。

その笑いで、和解が成立したような気分になる。

何でやろ？

と、美央子は自分で言ってみる。

「そう言われてみたら、わたし資格のこと気にしてるみたいやわ」

「わたしかて、そらそうよ、世の中てきついし、資格ないと」

「世の中てきついし？」

「藤原さんきっとええお家《うち》の方《かた》なんやわ」

「そんなことないて、全然」

「そやけど、世の中てきついし？　て、ようわからんような顔しゃはるもん」

「わたし、まだお勤めしたことないし」

「お勤めなんかせんでも、生まれてからずっときついもん」

「山本さんてわたしより大人やわ」

「そんなことないけど、いろいろ見てきたし」

「わたしはちょっと違うみたい」

「何が？」

「資格のこと」

「藤原さんて複雑ね。そやないの、誰かて世の中きついから資格とるんよ」

「わたし、ちっとも複雑と違う。ぼおっとしてるだけ、何やら自分がわからんだけ。そやから、資格とったら自分が決まってくるような、そんな」

美央子はそれ以上うまく言えなかった。自分に、たくさん違ったものが混じっていて、そのどれが自分なのかわからぬばかりか、もしかしたら全部が自分であるような気分にもなると、つかんでもつかんでも自分が指の間から粘って落ちてしまう。

「資格とったら自分が決まってくるような?」

「そうでもせんと、内も決まらへんし外も決まらへんし」

「そんなむつかしいこと言わはるんやったら、大学行かはったらよかったのに。大学行ったら、何か決まるのと違う?」

「行きとうない。わたし頭ようないし。本読むのが大体いややから」

「ああ寒《さむ》。体こちこちになってしもた」

山本ますみは、クリーム色のカーディガンのまわりに両腕を巻きつける仕種をして、言った。

「入ってもらわんと、わるかったわ」

美央子は入口の敷居をへだてたまま長話しているのに気づく。

「かまへん、それ持ってきただけやし。ほんなら、おやすみ」

山本ますみは、美央子が手にしている半紙に包んだものをさし示し、そして、最初来た時のあのあいまいな顔になって、短かい顎を振るとドアを閉めた。

最初このドアをあける前に、こうして立っていたように、美央子は上り口に同じ姿勢のままいる。たったいまの最後の顔が、そこのところ、宙に貼りついているのを、ぼんやり見ている。あいまいな顔へ、さっきからの気持をひらいた親しそうな話のすべてが吸いこまれて消えていき、その顔だけが残っている。

何しに来ゃはったんやろ？

親しく話したくて山本ますみが来たのではないと、美央子の体が感じている。動物のように体にアンテナがあり、美央子は、これの感じるところのものに耳を傾けてしまう。そんな自分の習性を知っている。

そして、手にしているものに目をやった。

それ持ってきただけやし、と、山本ますみは言ったのだった。

すると、最初にこれを手渡された時の、白昼夢に足をすくわれるような気分が思い出された。同じことが何処かで反復されていて夢のなかにいるのに似ている、と、あの時、感じたけれども、何と何とが同じことなのか思い至らなかったのだった。

美央子はただちに冷蔵庫に近寄って、その上から、半紙に包んだ小さなものを取りあげた。島田八重から手渡された後、部屋へ入るなり、そこへ置いて忘れてしまっていた。

両方とも半紙にくるんであり、開いてみるまでもなく菓子にちがいない。おすそわけ、という言い方も同じである。二人がそろって菓子を手渡したことで、なにかいうにいわれぬ事実を一つ一つの菓子が隠しているように思えてくる。

墓場の散歩云々の話を持ちだすために、島田八重は菓子を手渡したのだろうか、いったいその話がどんな利益になるのだろうか、自分の作り話を山本ますみに押しつけるための利益なのだろうか、けれども山本ますみは自分がそのこととは無縁だというあかしとして、菓子を持ってきたのだろうか、または自分の作り話であるのを、菓子によって帳消しにするため、いや帳消しでなく、何かがあるのに何もないともみえるふうにあいまいにしてしまうためなのだろうか、けれども結局は、そうでもありそうでもない、どちらでもある、目に見えない何かの層がずっしり何処かにあって、美央子は、それがまるで自分の中にあるような、不安定さに落ちこむ。

二つの菓子包みをひらいてみる。島田八重のほうは、そばまんじゅう二つ、山本ますみのほうは、小さいもなか三つ、半紙は二枚重ねられていて、三つの角を折って四つ目の角を中へ折りこむ仕方がまったく同じである。

美央子は、台所から部屋へ入り、窓をあけた。そして闇にすっぽり包まれている墓地へむけて、菓子を一つ一つ、力をこめて投げた。

大きな音をたてて窓を閉め、窓際の勉強机の上にある受話器をとった。初子に聞いてもらわねば気持がおさまらなかった。

「もしもし」

男の声が出た。

「あ、あんた、松男さん？」

美央子はどぎまぎして言った。この瞬間、松男という人がこの世にいることなどまったく忘れてしまっていたから。けれども、たちまち松男以外のこの世のすべてを忘れる気分になる。

「へえ、そうどす」

しかし松男のほうは、相手が誰かわからぬ他人行儀で応じた。

「うち、美央子」

勉強机のわきに立っているので、窓外の闇が見えている。窓の桟の下段は磨ガラスだが、こうして立って首から上のところが、透明ガラスに映っている。

「こんばんわ」

いつも最小限の言葉しか口にださない松男は、美央子の気持の動きとは無縁なふうに、こんばんわ、とだけ言った。それとも十以上も年下の美央子に合わせて物を言う言葉が見つからないでいるのか。

「びっくりした」

美央子は思ったとおりのことを言った。

「初子さん呼んできます」

松男は、なぜびっくりしたのかと訊ね返さなかった。

訊ね返してくれたら、そこから気持の交わりが生じただろう。美央子はすこし苛らだち、だから、思いきって言ってみた。

「松男さんと、うち話がしたいの」

自分の顔がガラスのなかできらっとしたようにみえた。

「何をですか、ぼくこそびっくりするわ」

松男は、やっと感情をあらわす言葉を言った。

「何でうちからの電話にびっくりしゃはるの？」

美央子はいきいきしてき、ガラスに映っている、肩の上まで垂れたパーマをかけない髪と、ぽってり肉のついた頰と、ぐりぐりした丸い目とを、見返した。

「いま湯タンポに湯いれて、二階へ持ってあがろとしてたとこやから」

「へえ、湯タンポ？」

「風邪がしつこうて」

「電気毛布あるのに」

「ぼく、ふいに帰ってきましたやろ、ぼくの分ないし。毎晩寒うて。風邪ひいてるいうのに、朝まで足がぬくもらん。さっき、急に思いついて、昔の湯タンポ土蔵《くら》から出してきましたんや」

「そやけど、何でびっくりしゃはるの？」

「びっくりて何のこと？」

「そう言わはったやないの、ぼくこそびっくりするわ、て」

「すみません、いまぼく加減わるいし。微熱あって頭ぼうとしてる」

「ごめんね、せっかく湯タンポに湯いれて、早《はよ》う寝よ思たはるのに、引きとめて」

「ぼくこそわるいなあ、また遊びにきて」

「何やて、いまどう言わはったん？」

「また遊びにきて」

「ほんま？」

「そしたら、また」

ことりと電話の切れる音がした。

ふいに美央子のうちに静寂が立ちこめ、さっきからの島田八重や山本ますみにまつわるすべてが別な世でのことだったように遠のいてしまっていて、いま訪れた静寂だけが濃く息づいている。そうして、その同じものが岩崎家の広い薄暗い十畳敷の台所にも立ちこめているのが感じられ、なぜなら自分とそことは電話線でたったいままでつながっていたからであり、その台所の奥の、黒光りした厚い引戸を引いて、松男が湯タンポを脇にかかえて階段を上っていくのを、美央子はありありと見る。その階段は電気がなくてまっくらであり、静寂が、きっとあの家が建てられて以来百年ほど溜まったままになっている。どんな湯タンポだろうか、平べったく金属で表面が波型になったものか、筒型の陶製のものか、美央子は、田舎の何処かの家で老人の使っているのを見たことのある型を思い浮かべる。毛布にくるんで持っている松男の、細い指が、現に見ているように目に見える。

3

美央子は、この二週間ほどそうしてきたように、初子のオーヴァを着て歩いている。けれどもこれで最後なのだと思い思い、岩崎家への通りをたどっている。自分のオーヴァがやっとクリーニング屋から届いたという電話を昨夜受けた。今日は水曜で料理学校は半日なので、さっそく交換に行くのだが、初子のオーヴァを返してしまうのは何となく惜しい気分でいる。

人の服を着ているというのは妙な現象だ、と、美央子はあれ以来感じている。これまでそんなことをしたことがないからだろうか。姉妹がないので気軽に人の服を借りる機会もなかったし、肉づきがいいので人の寸法ではどこか着ぐるしく、体につけてみても借りるなどということはなかった。もっとも、細身な初子のものだって寸法は合わないが、このオーヴァはゆったり出来ているので、袖の付根のところをのぞいては、さほど窮屈な思いをしないですんだ。

人の服を着ているのが妙なのは寸法のせいではなかった。そのことを美央子はうまく自分自身に言えない。すくなくとも、これを着ていると、初子のもっている静かさを着ている気分になる。このオーヴァの黒は、白くない自分の顔色とも茶色みがかった自分の髪色とも合わないけれども、どこか自分の中にあるのかもしれない静かさの部分に、合う。いや、そんな気がするだけのことではある。

うち、お姉さんていう人、まだよう知らんわ。

美央子は、自分がどうやら甘えて頼っているらしい初子その人を、ほとんど知らないのに気づく。ずっと以前初子を知った時、初子はすでに岩崎家の人であったし、料理学校へ行くのに岩崎家に住まわせてもらうことになって以来の親しさであったから、初子を知らないのは当然ではあったけれども。

初子は三十七、八だから二十ほども年が違うから、というだけでなく、美央子の知っている女の人たちの誰とも、初子は似ていない。女の人たちはみんな外も内もひどく飾っているのに、初子はどこか裸なのだった。

黒褐色に塗った格子の前面に、たいてい客の車が二台は駐車されていて、昔からの構えを台なしにしてしまっている家の、玄関へ入る。その土間は、光沢のある正方形の石板が敷きつめられていて、運びこんだり持ちだしたりする荷のために、紙の切れはしやビニールの屑などがいつも散らばっている。

右手の事務室に目をやると、今日は常男の視線はなく、事務員五、六人の机にうつむいている姿だけが見え、土間の通路をもう一つ奥へ入ると、事務室と並らんだ、友禅の反物が種目ごとに棚に詰めこまれている広間に、三人の客と立ち話している常男が見え、それから美央子は、店と住居との境になっている引戸をあけて、さらに奥へ入った。

そこが台所の土間であり、糠漬けをしたらしい残りの野菜屑を、帚木で掃いている初子がいた。

「お姉さん、ちょっと早う来すぎてしもた」

美央子は、昼御飯の後片付がきちんと出来ていないのを見てとって、言った。

「上って、茶の間で待ってて、すぐ行くから」

初子は、和服向きの白い大きなエプロンにつつまれた体を、きびきび動かしている。

「ええわ、ここで待ってる」

美央子は上り口に腰をおろした。

「お炬燵《こた》に入ってたら。松男さんも居ゃはるし」

初子は、昔の竈《かまど》がもう長く使われぬまま黒ずんだ塊で居据っているほうへ、帚木の先を伸ばしていく。

「ええて、言うてるのに」

美央子は思わず大きな声になった。

手をとめて、驚いた目を、初子がむけたので、美央子は叫ぶように言ってしまったらしいと気づく。初子は黙ってまた掃きはじめた。その沈黙のうちに、美央子は、自分の声がなまなましく膨れあがってくるのを聴いている。ええわと最初に言ったのは初子のそばで待っていたいからであった。けれども、ええて言うてるのにと叫んだのは別なことであった。

何で、ええのやろ？　ほんまはそこへ行きたいのに。

独りごとし、上り口に腰をおろしている自分の膝をおおう、黒いウール地を、所在ないまま手で撫でている。着古されているというほどでないが、かなり着た布地なのが、手ざわりでもわかる。

「このオーヴァと今日でお別れやわ、これ着ごこちよかったわ」

「そやろと思うよ」

妙な言い方で初子は肯定した。

「そやけど、これ着たはるの、うち見たことないわ。昔のもんやね、ええ思い出のあるオーヴァなんやわ、きっと」

「思い出と言えば、それはそやけど」

初子は、掃く手をとめて、すっと背をのばした。

訊ねてはいけないことのように美央子は感じて、どんな思い出かと訊ねるのをさし控えた。

「そやなかったら、貰いたいぐらいやわ」

「よかったら、あげてもええよ」

意外に、初子は言った。

「やっぱり要らん、わるいもん」

美央子は、なにか重いものを引き受けることになるという気分になり、言った。

「美央子さんて、ほんまにはっきりせん人ね、あんた、いつでもそうやわ、ああ言うたりこう言うたり」

「そやけどお姉さん大事にしたはるオーヴァやから」

「大事やけど。ずっと着てきたし」

「ほんなら、ちゃんと納《しも》といて」

「納とくて？　着てるもん、いつも」

「うち見たことないわ」

話題のなかに合わない段落のようなものができてしまい、美央子は初子と何について話しているのかわからなくなった。

初子は土間を端から端までひとわたり掃いてしまおうとするらしく、またせっせと帚木をうごかす。パーマのかかった髪を、後ろで束ねて長目に垂らしている先が、髪が多いために総《ふさ》のようにひらいて、動きとともに揺れている。白いエプロンの下には、青磁色のニットのワンピースに、手編みの黒い厚いカーディガンを着ている。友禅を扱っていて目のこえた常男が、家族の着る色に神経質だということを、美央子は聞いたことがある。

店のほうは或る時期に改造したらしいが、こちらの住居は流しをのぞいて昔のままで、境の黒褐色の引戸をあけて入った途端、暗い沈んだ、目に見えず深く密にこもっているものの中へ、足を踏み入れたという感じがする。それが何であるのか美央子はわからない。けれども自分の体がまるごとそれを感じている。

この家のそんな空気が化身したような男《ひと》だ、と、美央子は気づく。そして、茶の間へは行かないと宣言したというのに、唐突に上る。十畳敷の台所をよこぎっていく。店側の壁面を、黒光りした大きな茶ダンスがずっしり占めている。茶の間側は、廊下への出入口である、横に細かい桟のある磨ガラスの引戸があり、それに続く部分は、こちらから見ると四枚の木の戸、茶の間からは四枚の襖となっている。その取手に指をあて、美央子は息を呑みこむふうにして開く。

まっくらで、誰もいない。

「松男さん」

いないのはわかっているのに、囁き声で呼んでみる。

窓のない部屋なので、電気が消えていれば、隣りとの隙間の薄い光の線をのぞいては、まっくらなのだ。隣りは、中庭に面した部屋で、一昨年まで生きていた常男松男兄弟の母の居間であった。また、美央子が十ヵ月住まわせてもらっていたところでもある。もしかしたら、東京から帰ってきた松男がそこを自分の居間とするようになったのではないかと、思い、美央子は自分が呼吸していた畳の上で松男が呼吸している想像にぞくっとする。そして、暗がりのなかを炬燵のまわりをまわって、隣りとの境の襖の前に立つ。

「松男さん、そこに居ゃはるの?」

と、呼ぶ。

声は返ってこない。

いるのに返事をしないのか、いないのか、わからない。いないのなら、元の自分の部屋をあけてみることはさほど不自然でないが、いるのなら、覆いをはぎとって、無色の燃えさかる火のようなものを見てしまう恐れが、美央子をとまどわせる。

思いきって襖をあけてしまう。火が目を焼くかと思ったのに、光さえない、さむざむとした六畳である。中庭にそって細い廊下があり、廊下との間は障子戸になっている。誰も使っていない部屋特有の、生きてはいないものが、そこには端から端まで溜っている。

何処行かはったんやろ?

まるで推理するように考えだす。

松男の部屋が元どおり二階とすれば、十畳敷の台所の突きあたりにある引戸の奥の、階段を上っていくしかないのだから、松男はそこへ行ったわけではない。茶の間と中庭に面した部屋とは、台所の磨ガラスの引戸のむこうに伸びている広い廊下にそっているが、廊下側は壁なので、茶の間からはいったん台所へ出ずには廊下へ出ることはできない。だから、きっと、茶の間から中庭に面した部屋へ出て、その細い廊下へ出、それとT字型につながっている広い廊下へ出、そして何処かへ行ったのだろう。とはいっても家の外なら台所を通らずには出られない。だから、中庭にそって広い廊下の伸びている先の、常男と初子と小百合が住む棟へ行ったとしか思えない。けれどもそこはその家族の私的な場所だから、入る権利があるのだろうか。手洗いへ行ったにしては茶の間に電気の消えているのが納得できない。

美央子はそんなことを考えこんでいる。なにか大事なものを取り逃した気分でいる。この古い家の精のようなものを。台所の土間のところで初子と話していた時から、その、目には見えないけれども、茶の間にじいっとしていて、目には見えないので、肉体をもたないように思える何かを、美央子は感じていた。そこへ行きたいのだが、同時に行きたくない気持もあって、そう思えば思うほど、そこ、台所から戸をへだてた茶の間に、大事なものが息をしている。そして、ついに立ち上って、近づいたら、それはなくなってしまっている。

けれどももしかしたら、初子と台所の土間のところで話していた時、それがそこにあると思っていたけれど、その時すでになかったのかもしれない。お炬燵に入ってたら、松男さんも居ゃはるし、と初子が言ったからにすぎなかった。

なんや、あほらし。

美央子は呟いた。

そして、中庭に面した部屋との間の襖を閉め、そうしてまっくらになってしまった茶の間で、炬燵のまわりをぐるぐる歩いてみる。さっきからの推理めいた詮索を繰り返している。大事なものを取り逃しはしたけれども、どこか快い気分でもいる。こうして暗がりにいると、この家特有の匂いがいっそう嗅ぎとれる。はじめて岩崎家に住むようになった時に濃く感じられ、空気とともに匂いまで口から吸い、毎日そうしていると、内臓に匂いが染みつくのではないかと思ったものだが、馴れてくると濃さはうすらぎ、けれども日々ここで生きていることの底にその匂いがあった。建具の塗料の匂いなのか。もう何十年も前に塗られた、ずいぶん高価な塗料にちがいない。よその家とは違う塗料なので、この家特有の匂いとなっているのかもしれない。何十年も前の塗料が濃く匂うなんて考えられないけれども。もしかしたら、もう茶色くなってしまった天井や柱の白木も匂っているのかもしれない。よその家とは違う高価な木材だから、天井も柱も、よそとは違う匂いを発しているのかもしれない。日当りがよくないので黴の匂いも混じっているのかもしれない。

目が馴れてくると、さほどまっくらでなく、中庭に面した部屋との隙間からの明りで、茶の間全体はうすぼんやりとした色合いになっている。

と、その明りのするほうから足音がしてくる。

松男さんやわ。

と、美央子は呟く。

中庭に面した部屋の障子戸が、廊下から開けられる。閉められ、それから、その六畳を踏んでくる音がし、美央子は、体ごとそれを聴いている。あれは靴下でなく、足袋と畳との擦れる音だ、とまでわかる。

やっと襖がひらく。

「わあっ」

と、美央子は子供がお化けごっこをしているふうに、その襖のほうへ跳びでる。

思いとうらはらなふざけ方をしている。思いのほうは緻密に巻きこまれていくのであるから。

「あ、美央子さん居たん?」

松男は、驚いたふうでなく言った。

やはり和服だった。松男のほうからは、明りのくる向きにいる美央子がよく見えるのだろうが、美央子からは逆光の松男ははっきりしない。

「何処行ったはったん？」

さっきからそれをこそ詮索していたのであった。こうして会えれば行先はどうでもよかったけれども。

「何処て？」

松男は手に持っているものをさも大事そうに持っている。

「松男さん茶の間に居ゃはるて、お姉さん言わはったから」

美央子は自分より首の分だけ高い松男を見あげる。

「土蔵行ってた」

「へえ、土蔵行ったはったん。うち、いっぺんもあっちの棟行ったことないわ」

中庭をへだてた初子たちの住む棟とその奥にある土蔵とを、美央子は知らなかった。

「これ、見つけた」

松男は手に持っているものを示した。

「何」

美央子は首をつきだす。松男の胸もとへ近づきすぎた、と感じたが、近さが快くて後退せずにいる。

「石《ぎょく》」

松男のほうがこころもち後退した。そうみえた。

「石て？」

「翡翠の雑なもんと言うたらええかな」

松男は、だいだい色の布きれに包んで握っていたものをひらいた。

「何処にあったん？」

美央子は知らない土蔵を想像する。

「ちょっと探しもんしてたら、そっちのほうが無《の》うて、これが目にとまった」

「よう見つけやはったな、そんな小さいもん」

暗がりで色はよく見えないが、直径一センチほどの球型で、二箇ある。

「棚に、人形でも入ってるような桐の箱あって、開けてみたら、からっぽで、これだけが底にころがってたから」

「それ、どうしゃはるの？」

美央子は松男の手が愛玩するように持っているそれの、行方を、何となく思った。

「――――」

返事はなく、松男の顔も逆光で見えないままである。

誰か女の人にあげやはるんやわ。

と、美央子は思った。そして、痛みが全身をつらぬいて走った。

誰やろ？　どんな女《ひと》やろ？　何処の女やろ？

美央子は近づきすぎていた距離を、自分から広げた。

そもそも美央子は、松男について初子について以上に何も知らない。遠縁の親戚だからというので、といっても初子のほうの縁にすぎないが、ともかく親戚気分でこうして気軽に口をきいているけれども、この家に住んでいた間に何度か帰ってきた松男と、すこし話をしただけの間柄にすぎない。

松男さん何で結婚しゃはらへんのやろ、もう三十二にもなって？

その問を、はじめて発してみる。

「きっと、お祖母さんが、髪に挿す飾りをこれで作らせよ思て、箱のなかにころがしたまま、忘れてしまはったんやろ」

とだけ、松男は答えた。

それなら、いっそう、誰か女のイヤリングにふさわしい石である。

痛みが、心なのに、体をつっぱしる。

「うち、イヤリングにしたいぐらい」

美央子はふざけて振舞い、笑って言う。人々から、すこし鈍い大ざっぱな人と見られているのを知っている。けれども人々の知らぬ内で、自分が微妙に編まれていくのも知っている。すこし鈍い大ざっぱなのは、たしかにそうだけれども、同時に、鈍いのに鈍さとは反対、大ざっぱなのに大ざっぱさとは反対のものが、内にある。

けれども人々に見えるふうにしておくことにしている。

松男はすっとこちらを見る。沈黙のなかに遠のく。そうみえる。

もしかしたら誰かのイヤリングにしよと思たはったんやろか。それを言いあてててしもたんやろか。

「イヤリングにちょうどええわ、誰かの」

美央子はもうブレーキがきかなくなってしまって、そう口ばしる。そうではないのだと松男に言ってほしいのかもしれない。

松男は沈黙のままいっそう遠のいたふうである。

この場面を何とかつくろわねばならなかった。美央子にはそれができなかったし、松男もそういうたちではない。

「暗いな、電気つけんと」

松男は言って、壁に近寄り、スイッチを押した。

「うわっ、ほっとした」

思わず、美央子は言った。さっきのようにふざけたのではなかった。

やっと顔を見つめ合える明りのなかで、松男は物憂く笑った。

笑い顔はあまり似合わない、と美央子は観察する。心から笑っていないからだろう。そんなふうにみえる。むしろ、心からのものの表われている、底なしに沈んだこの家の深みを映している時の顔が、うつくしい。

「何で笑はるの?」

答を切に求めている。

「美央子さんて、さっぱりわからんことよう言わはるから」

松男はさっき坐っていたところらしい炬燵の壁側に腰をおろす。

「何がわからんこと?」

美央子は、初子に借りているオーヴァをやっと脱いで、床の間側に腰をおろす。うわっ、ほっとした、などというのが、わからんことなら、さっきからのすべては一人芝居になる。とはいっても、こうして明りがつくと、石をめぐってあれこれ思ったことは、あの時はあれほど濃くあったのに、ひととき夢をみていたようにも思われる。

「若いお女のことはわからん」

松男は炬燵の台の上に、だいだい色の木綿の布にのせた二つの球を置く。下を向いたので長い睫毛が見える。初子と同じ白さと思っていたが、こうしてひさしぶりに向き合うと、白さの底に青さが透けている。

「うちがわからんて?」

美央子は右腕を炬燵の台の上について、身を乗りだす。

「美央子さんにしても、若いお女は、わからんわ」

松男は苦笑いのような顔をする。

美央子の質問にへきえきしているのか。若い女一般がわからぬことを常日頃めんどうに思っているのか。

若い女やない女が、気にいってるんやわ、きっと。わからんこと言うて、つきまとうたりせん女。松男さんの思てることにツーツーと通じ合えて、そこのところへ、すっと気持を投げこんでくる女。

「わからんほうがおもしろいやないの。わかってしもたら何にも話すことないわ」

どこまでもからんでいく自分を感じている。けれども、自分が人に、すこし鈍く大ざっぱにみえるのを知っているので、あまり、からんでいるふうにみえないのも知っている。

「そらそうや、美央子さんと話してると、おもしろい」

松男は真正面から、きれいに見つめる。

「ほんま?」

美央子はいきいきはずんでくる。

おもしろい、という言い方に、なかばひっかかるけれども。

「ぼくなあ」

懐古するふうな表情に松男はなる。

「何?」

二人のやりとりに潤おいがでてき、美央子は早く先が聞きたい。

「誰にも言うたことないけど」

そして間ができ、その間へ、美央子はぴっちり身をすべりこませる。

「子供の時、妹がほしいなあ思てた。そのことすっかり忘れてたけど、いま思い出したわ」

松男から出てくるものにたいして、全身を期待にして張りつめていた美央子は、思ってもいなかった打撃が、その張りつめている膜を破ったのを感じた。

「ちょっと、それ見せて」

美央子は話題を本能的に変えてしまい、石のほうへ右手を差しだす。

松男はだいだい色の布きれごと炬燵の台の上をすべらせる。

「ええ色やろ、ほんまの翡翠のみどりは、人によってはきつすぎるけど、そのみどり、ぼんやりやわらいでて。白い縞も飾りになってるし」

美央子は松男の言うのを聴き、掌にのせた二つの石を見つめながら、考えている。妹かてええやないの。妹のようないうことやから、それほど親密な、愛着あるいうことやから。

愛着ということでぞくっとなり、その言葉だけ取り消す。

盆に茶菓子をのせた初子が入ってくる。ニットのワンピースの青磁色も厚いカーディガンの黒も、どちらも初子の顔をひきたてている。その青磁色が、美央子は、掌にある石の色とちかちかと通じ合ったように感じて言う。

「お姉さんに似合うわ、この石」

初子は、台所側に腰をおろし、それぞれの前に茶を置き、皿に盛った菓子を真中に置いてから、だいだい色の布ごと美央子の差しだす石を、自分の掌にのせる。

「土蔵ん中にあった」

松男が初子に言う。

「何が出てくるかわからんとこやから、ここの土蔵は」

初子は、石の一つをつまみあげ、電灯の明りにかざす。

「お姉さんのイヤリングにしゃはったらええて、松男さん考えたはるんやわ」

そう言ってしまい、気づく、ぜひとも初子のイヤリングにしてほしいのを。そうすれば、何処かの女へそれが行くことはなくなる。初子に貰ってもらえれば、さっきから石のおびはじめている危険なものが、消えてしまい、安心できるものになる。

「ほんまや、何が出てくるかわからん」

松男は初子の言ったことのほうを受ける。

「そやけど、うち、土蔵へ入る時、その辺ごそごそ掻きまぜんことにしてるの」

初子が石から目を離して、その目を松男にむける。涼しげな目である。玉を一瞬見つめたからだろうか。切目の長い、くっきりした一重瞼である。

「松男さんはここの家の人やからええけど」

と、初子はつけ加える。

「初子さんかてここの家の人や」

松男がふうっと頰笑んで、言う。初子の一重瞼とすこし違って、二重瞼ではないけれども一本の線がはいっていて、そのためか睫毛がこころもち上向けに生えでている。

「うちの言うのは、もうちょっと違うことやけど」

初子は二つとも石を取り、掌の上でころがすふうにしながら、目は松男にむけて言う。

「お菓子もらうわ」

美央子は取り残された感じがして、うるし塗りの菓子皿に盛ってある小型のもなかを一つ取る。ふと、何かを思い出しそうになる。

「うちの言うのは、ここの血のつながってる人が何代も何代も生きて来ゃはった名残りみたいなもんが、土蔵ん中に溜まってて、よその者がそれに手を触れたらいかん、こわいようなもんがある、いうことやけど。血のつながってるたくさんの人が、こっそり合図し合《お》うて同《おんな》じようなもん残したはる。うちはよその者やから、何でこんなもん残したはるんやろ思うことあるけど、そのお方たちは同じ血で合図し合うて、それ残したはるんや思うわ」

のんびりした口調で変わったことを初子は言う。

「お姉さんデリケートやなあ」

美央子ははじめて聞くことに感心する。

「初子さんって時どきそんなふうや。人が感じてもいんことを言わはって、そやけど、そう言われると、そやなあ思て、つい乗せられてしもて、その気になってると、初子さんのほうは、いつの間にやらけろりとして、せっせと台所磨いたりしたはる、そんなお人やから」

初子への甘えがあってか、松男は、はっきりした言い方をする。

「これな」

やっと初子が、二つの石を示して美央子に言う。

「イヤリングなんかやのうて、自分のカフス・ボタンにしゃはるつもりなんよ」

そして、松男にむけて笑う。

「初子さん、人の思てることとつつぬけに見えてしまうから」

松男は石を自分にもどし、言う。

何や、そんなことやったん？ よかった。

と、美央子は呟く。

「初子、初子」

常男の声がする。

「もなか食べてね」

と言い、初子は立つ。

「もう食べてる」

美央子は次の一つに手を伸ばし、また何かを思い出しそうになる。

「兄貴は初子さんを道具みたいに使う」

ぼそっと、松男は言う。

「お姉さん働くのが好きなんや」

常男の声のほうへ出ていった初子の、後ろ手で襖を閉めた背中の形を、美央子は思う。いつも初子は常男に言われるままに敏捷に動いていたものだ。

「兄貴は昔風の男やから」

なじる口調がでる。

「お姉さんは昔風の女やないよ、道具みたいにされたはるんと違うよ」

美央子は初子という人をきちんと把えたくて、そんな言い方をしてみる。

「ぼくは気にいらんなあ」

誰に言うわけでもないふうに、松男は宙に目をむけて言う。

何が気にいらんの？　道具みたいに使てる人が？　使われて喜びとしてる女が？　訊ねたかったが訊ねなかった。どこか秘密の匂いのする気がしたから。何がそうなのかはわからなかったけれども。

ふと、話が途絶えてしまう。

松男のほうも、何を考えているのか黙りこんでいる。ぼくは気にいらんなあと言った、その続きを考えているのか、それとも全然別なことか、両手を炬燵のなかへ入れ、こころもち頭を低めて、石のあたりにじいっと視線を置いている。

やむなく美央子は、三つ目のもなかに手を伸ばす。三つ、そう、この小型のもなか、さっきから思い出しそうになって思い出せなかったことを、やっと思い出す。山本ますみが二枚重ねた半紙に三つ包んで持ってきたものと、同じ型のもなかなのだ。

あのことがまだ未解決のまま残っている。

とはいっても、自分の生きていることの未解決さがいっそう思われてくる。

「松男さん」

思ってもいなかったのに、呼びかけてしまった。

「何ですか」

すこし改まった言い方で、松男は目をあげた。

うち、生きてることが、はっきりせえへんのが辛いわ、いろんなことがいっぱい湧いてきてはっきりせえへん。

「どうしゃはったん、美央子さん？」

松男は、何も言いださぬ美央子に言う。

そやけど、一つだけはっきりしてることあるわ。それを、いま口に出したらどうやろ？　いま、それを。そしたら、ほかのこともそこへ勢揃えして、はっきりしてくるんやないやろか。

「美央子さん？」

と、松男はうながす。

「いま言お思たことあるんやけど、また今度にするわ」

と、美央子は言ってしまう。胸がどきどきしていた。自分がすこし鈍くて大ざっぱにみえるのを知っているので、いま言おうと思ったことが松男にまったく気づかれなかった、とわかっている。

初子がもどってくる。

「ああ、忙がし」

と言いながら、炬燵に入る。

「ちょっと出るから」

と、松男は立つ。

「ゆっくりしていって」

と美央子に言い置き、だいだい色の布に包んだ石を手にして、茶の間を出てしまう。

ここには、いのちが消えたように思える。あれほどつながっていたつもりの初子がいるというのに、もっと大きないのちの火元が消えてしまったらしい。

「何処行かはるの?」

行方を知ればそれでよかった。

「うち知らん、お他人のことは」

「何で急に？」

「知らんもんは知らん」

これ以上訊ねると、つつぬけに見えてしまうだろう。

「何で、東京から帰ってきゃはったんやろ？」

自分に言うふうな言い方に変え、美央子は言う。これでも、もう見えてしまっているだろう。

4

「藤原さん違う?」

後から声をかけられて、美央子は足を止め振り返る。

山本ますみが、軽そうな体軀をせかせかした歩き方ではこんでくる。いま流行っている、ゆったりしたチャコール・グレーのウール地が足首あたりまでさがっている型のオーヴァである。料理学校でも同じようなものを着ている人がたくさんある。

「いま帰り?」

美央子は、ビジネス学校から帰ってきたような厚いカバンをさげている山本ますみに、言う。

「土曜は講義は午前だけなんやけど、特別に就職指導あったから」

山本ますみは、美央子に追いついて、そのために急いだので喘ぐ口調で言う。

「はっきりせん天気ね。さっきから小雪がちらちらしてたのに、やんでしもて」

美央子は、寒い曇天がのしかかってくる気分でいる。埃が空中に舞う程度に小雪のちらついていた具合も、どこか何かが決まらぬようなものを、天気そのものが表わしている。青空に冷たい風の吹きすさぶのでもなく大雪が降るのでもなく、そうなのだ、雨なら雨でまたはっきりするというのに、空は汚れた色に曇っていて、寒さが隙間風みたいに毛孔へ入ってき、生きていること自体がそれに曝されている。

「藤原さんも帰り?」

山本ますみはどういうわけか擦り寄るふうに体をくっつけてくる。

「わたしんとこ、土曜は休みなんよ」

美央子は、土・日という日が自分の気分によくないのに気づいている。岩崎家に住んでいた頃は、週末はかならず田舎へ帰ったので、こういうふうではまったくなかった。正月十五日から一人住居を始めて以来、なにか収拾のつかない自分に直面しているのを、うすうす感じている。

「何処からのお帰り?」

山本ますみは、白いぺったりした顔でもって、美央子の顔の真下から振り仰ぐような、近づき方で言う。

「何で?」

何処へ行ったか他人に何で言わんならんのやろ?

「何で、て」

山本ますみはあいまいに笑い、近づいていた距離を、ちょっと遠のけた。

「わたしね、プレイ・ガイドに行ってきたん」

それでも美央子は素直になって、答えた。

ところが逆に、山本ますみはそれに応じなかった。近づきすぎたと思ったのだろうか。そのために美央子は、自分の言ったことに向き合わされる。コンサートでも芝居でも何でもいい、二人分の切符を探しにいって、どうしても決まらず、何を買うかが決まらなかったというより、買うということが決まらず、けれどもそもそも、その二人分ということ自体が決まっていないからなのだった。

「土・日は退屈するもんね」

一般的な言い方に、美央子は切り変えて、自分の続きを言った。

「結構やわ、藤原さん、わたしはそれどころやないわ」

「何で？」

思わず美央子は訊ねてしまう。退屈しないことがないものかと思ったから。

「何で、て」

山本ますみが、ぼんやりさせてしまう。

さっきと同じセリフを繰り返したことに美央子は気づく。けれども今度は自分のほうが相手に立ち入りすぎたらしかった。

アパートへもどっていくその通りは、いつも美央子が行き来する通りではない。あの界隈のうなだれたような小さな家々にくらべれば、いくらか大きい家々が並んでいて、けれども二階のあるのはすくなく、ほとんどが中二階の低さである。一階の表全面は、チョコレート色か黒褐色の塗料の木の格子になっているものが多く、中二階の小さなガラスにさえ、ガラスすれすれに金属の格子がついている。中二階の壁そのものが、窓の部分のところで格子状の壁に出来ているものがあり、内側にガラス窓が仕つらえられ、そうしたものは土牢のようにさえみえる。

「格子、多いね」

美央子は指さして言う。

「特徴やから。京都だけえ、よそにはあらへん」

山本ますみは自慢のニュアンスで言う。

「何や知らんけど、一生けんめい隠してるみたい」

そうみえたので、そう言った。

山本ますみは、すこし訝しむような驚いたような目つきになって、じいっと見た。

何で、こんな、表全部を格子にしてしまうのやろ。外から内が見えんようにというんやろか。外からは見えへんけど、内からは見えてるのかもわからん。内の、格子の裏側にじいっと目をくっつけて、誰かが外を見てるみたい。

「山本さんのおうちも、こんな格子?」

美央子は、山本ますみが格子を自慢するふうに言ったので、そう言ってみる。

「そうや、そうや」

妙な合槌の打ち方で、すこし上ずった声で、山本ますみは言う。

「格子の内側、暗いやろ」

美央子は、岩崎家は格子のすぐ内が事務所になっていて事務所らしいたっぷりした電気の光があるけれども、普通の部屋ならどんなに暗いことだろう、と思い描く。

「何処でもそやから、それが当り前やから」

何処の家でもそうだということなのか、家のなかは何処でも暗いということなのか、山本ますみの言ったことはどちらにもとれた。

なぜその家に住まずにアパートに一人で住んでいるのか、美央子は訊ねかけてやめておく。家族が多くて複雑なのかもしれないと感じられたから。

よく見ると、近年になって改造したらしい、表が、かなり大きいガラス窓になっている家もあちこちにあり、けれども昔に格子のあった習慣からか、ひどく狭い間隔で金属の格子がついていて、おまけに窓の下半分に、竹を編んだ目かくしがついている。ガラスはどこもかも磨ガラスであり、透明ガラスなどこうした家々にはまったく見かけられない。

何で、こない隠さんならんのやろ？

何をいったい隠してるんやろ？

訊ねるべきことではないので美央子は口にはださず、山本ますみと足をそろえて歩いていく。けれどもいつか初子に訊ねてみたい気になっている。

「わたしいつもこっちのほうから行き来するんやけど」

曲り角に来た時、山本ますみは、一方のほうの道を指さした。そこは八百屋とか菓子屋などが見えていて、人通りもすくなくなかった。いま二人が通ってきた道は、美央子も初めてで、山本ますみも何処かへ寄り道した後そこを通っていたのだろう。

「わたしはあっちのほうを通ってるわ。そやから山本さんと外で出会わへんのね」

美央子は、あっち、と手をあげた。

「知ってるわ、お墓の横の道やろ」

「知ってる、て？」

美央子はあの一件を思い出した。

触れたくないので、それ以上何も言わないことにする。山本ますみも何も言わず、妙に黙りこんでしまう。

すぐにまた道を曲がる。細い道になり、このあたりから、古い家と合成建材の家の混じる、特徴のない界隈が始まる。けれども左手に一軒ぽつんと、そう、これだけは透明ガラスだ、格子になった表の一部が、ショーウインドともいうべき出窓型になっていて、つづれ、と墨字の木の板がかかげられ、三本の帯が飾られていた。

また道を曲がり、二人はアパートに着く。

「藤原さん、退屈やて?」

アパートの玄関で靴を脱いでいる時、山本ますみが言う。

ちょっと間ができる。唐突なので、美央子は返事できなかったから。土・日は退屈だと言ったのを思い出す。土・日にかぎらず、そもそも自分は退屈している、とも思える。これほどいろんなものが内に湧きたつというのに、何かが決まらないから、何もすることがないという相をとってしまうのか。

「土・日は、ね」

と、美央子は答える。これまで田舎へ帰っていた週末を、そうせずにいるのは、理由がわかっている。或る人が同じ都市で呼吸しているその場を離れたくなかった。

或る人、と言ってみる。名前を言うより思いが謎めく。そう、まだ名前を自分にたいして口にするところまで決断していない。

「うちへ来ゃはったら?」

山本ますみは階段のむこうに見えている自分のドアを指さす。

「そやけど」

退屈と言ったのにたいして、自分のほうはそれどころでないと山本ますみは言ったのだった。土・日はアルバイトをして学資を稼いでいるのかもしれない。服装にしろ持物にしろ、ただいま流行中というものではあったけれど、裕福でないのが匂っていた。

「いや、ごめんね、藤原さんデートやったんね、プレイ・ガイドでいい切符見つかったんやろ」

山本ますみの思いがけない言葉に、美央子はびっくりする。

見透かされたみたいだった。

「デートなんか、わたし何にもないよ」

けれども素直に、答える。

ほっとしたような笑っているような、目の細め方で、山本ますみはやわらいだ顔になる。

デートなどないことが連帯的な気分にならせたのだろうか、と美央子は思い、やっと、また何かを和解できたような感じをもつ。

きっとそうなのだろう。なぜなら、山本ますみは急にはしゃいだ様子になって、アパートの住人たちについて説明しはじめたから。

一階の、こちらの通り側は、管理人部屋をのぞいて二部屋あるが、それぞれ独身の男のサラリーマンが住んでいて、むこう側の、山本ますみの部屋の並びには、一つは独身の女のサラリーマン、もう一つは共稼ぎの夫婦が住んでいる。管理人部屋をのぞいてはどの部屋も同じ構造になっていて、すなわち、入ったところの板間に続いている台所と、その奥に、ユニット式の風呂とトイレ、そして台所との間が襖で仕切られた六畳一部屋、それだけである。二階は、管理人部屋の上が洗濯場と干し場になっているほかは、一階と同じで、通り側の二部屋にはそれぞれ共稼ぎの夫婦、そして、美央子の部屋の並びには、二部屋あるけれども、そこの住人は定住でないらしく、どうやらここの都市に始終仕事に来る遠隔地のサラリーマンが借りているらしい。

そうしたすべてを、山本ますみは口早に、ささやき声で言った。

「まだ四時やし。ちょっと二時間ほど、うちへ来ゃはったら」

と、もう一度さそう。

「そうやな、そうさせてもらおか」

美央子はぼんやり答える。

「藤原さんにお見せしたいもんもあるし」

山本ますみは、心から言っているようである。心からかどうか、美央子はこの都市の人々について、何となく識別する習慣ができてしまっている。口で言っていることと心とが正反対な場に、幾度か出くわしたから。

「そうするわ。そやけど、ちょっと待っててね、わたし電話かけんならんから。終ったらすぐ降りてきて、ノックするから」

美央子は電話のことなど何もなかったけれども、なぜともなく十分間だけ自分の部屋に一人で坐わっていたかった。

「待ってるし。早うね」

山本ますみが階段下から見あげて、言うのを聞き、美央子は階段を上っていく。建坪面積の都合でたっぷりとれなかったらしく、一段一段ひどく浅い上、途中で折れていなくて一直線で急勾配である。そのせいで、昇り降りには、足もとに神経をあつめていなければ、うっかりして転がり落ちるのではないかという不安がつきまとう。

自分の部屋へ入ると、畳にどっかり坐わりこんだ。

さっきからただ一つのことが底で鳴りつづけている。プレイ・ガイドでどうしても二人分の切符を買うことができなかったからだ。もともとそのつもりで外へ出たのではなかった。街を歩いているうちに、ふいにそうしようと思いたった。三十分以上もプレイ・ガイドにいたけれども決まらなかった。そもそも、相手の意向を聞きもせずに、二人分の切符が決断できるはずはないのだった。料理学校へ一年近く通っているうちに、みんなが気軽にデートをし合っているのを知っている。二枚切符を買い、本当の相手にまず申し込んでみるが、駄目だったら誰でもいい相手を見つけて、申し込む。それも駄目だったら、第三の誰でもいい相手に申し込む。みんながそんなふうにして週末をすごしているらしい。逆に、本当の相手なのか第二の第三の誰でもいい相手なのか、美央子のところに切符が差しだされてきたこともある。ウイーク・デイには時たま相伴したことがあるが、何しろ週末は田舎へ帰っていたので、都会の若い人たちの遊びの習慣の枠外にずっと暮らしていた。

本当《ほんと》の相手が駄目やったら、うちやったら、切符破ってしまうわ。

美央子はぼんやり呟く。

誰でもいい相手で、代わりの成り立つことが、美央子には合点がいかない。なにか汚いことのようだ。一枚の切符が、本当の相手からはずれたところで、次々と仮の相手を探していく度合とともに、本当の相手のためであったそれが薄汚れていく、そんな感じを、美央子はもつ。

受話器をちらと見る。

電話かけてみよか、デート申し込んでみよか。ＯＫやったら、天下晴れて二人分の切符買えるわ。

けれども怖かった。

すくなくとも今ではない、と思える。

何が怖いのか。ＯＫでなかったらという思い。ＯＫだったら、もっと、まったく未知なことに突入させられるという思い。知っている男の子たちと比べられないほど、年齢の開きの怖さがあった。

今ではない、いちばん早くて今晩、そう今晩にしようと思い、美央子は立ち上り、部屋を出、山本ますみの部屋へと降りていきながら、先日初子から聞いたことが胸苦しく思い出されてくる。関東方面への販売をひろげるため二年前に別会社として東京出張所が出来てから、松男がその小さな事務所の所長として行っていたのを、美央子は知っていたが、松男がすっかり失敗してしまったのだと初子が言う。多額の負債を背負いこんでしまった。能力の不足でなく、保証人となっていた他の会社の倒産の巻きぞえを喰らった。

そうは言うても、やっぱりぼやぼやしたはったからやし。そのことで、松男さん帰ったはっても常男さんのほうは口もきかんと居ゃはるんやわ。そやから松男さん店にも出んとふらふらしたはるし。まあ、もともと仲良うなかったけどね。

美央子は山本ますみのドアをノックする。

店にも出んとふらふらしたはるんやったら、退屈したはるやろ。そしたら、二人分の切符OKかもわからん。

「どないしたはったん？　もう来ゃはらへんのかと思てたわ」

ドアをあけた山本ますみが言う。

「ごめんね、電話に時間がかかってしもて」

たった十分ほどと思いこんでいたのが、三十分も経っているのに気づく。

「よかった、来てくりゃはって」

見るからによろこんで、山本ますみは、掃除道具や下駄箱やスリッパ立てや、押入れに入りきらぬものを詰めこんだダンボール箱などが、びっしりごたごた置かれている上り口から、その奥へ案内する。

部屋は、美央子のところにくらべて薄暗い。窓の外は、半分が隣りの二階建の家、残りの半分が墓地を囲んでいる土塀であり、その上にだけ白い空が見えている。

「むさくるしいとこで」

と言って、山本ますみは花模様の座布団を差しだす。

「たくさんいろいろ持ったはるね」

美央子は眺めまわす。

京人形、布で作った造花、西洋の風景画の複製、どこか商店のけばけばしいカレンダー、花飾りのついた寒暖計、鳩時計、真赤な目ざまし時計、ビロードの洋裁箱のようなもの、テレビ、カセット・プレーヤーのついたポータブル・ラジオ。

「そやろか」

山本ますみは満足げに言う。

「わたしに見せたいもんあるて?」

もっと何かを山本ますみが押し入れから取りだしてくるのだろうと美央子は思った。

「ぼつぼつお話しよ。藤原さんのことまだ何にも知らんし」

山本ますみは話をぼかしてしまった。

「この前、年も言うたし」

美央子は相手に牛耳られていると感じながら言う。美央子自身、人を牛耳りたい気はないので、これでもいい。

「そうやった、十九て?」

山本ますみは年上らしさを見せて、ちょっと頰笑む。

「山本さんのほうは年言わはらへんだけどね」

美央子はすこし棘をさしておく。

「いやあ」

山本ますみは媚びたような声をあげて、笑い崩れる。

この前、十九と言ったのにたいして、わたしのほうが年上？　藤原さんのほうかと思たわ、藤原さん大柄やし、二十二、三かと思たわ、と山本ますみは言ったのだった。

その言いまわしからすれば、山本ますみは二十一ぐらいなのかもしれないが、年をめぐってのこの妙な反応からして、もしかしたら二十六、七なのかもしれない。ほっそりしているので若くみえた。けれども、すんなりした感じでなくて、どこか栄養の行きとどかぬ肉づきである。

「何で隠さはるんやろ？」

美央子は思ったとおりを言う。思ったとおりを言わないのが、この都市の人々のしきたりらしいと気づいてきているが、自分のたちは変えられない。それに、両方が思ったとおりを言わないで話し合ったら、いったいどんな会話になるのだろう。

「――――」

山本ますみはけろりとした顔になる。

「わたしのこともっと知りたい、て？」

美央子はわざとのように反対の態度をとる。何を自分に関して言ってもよかった。隠すことなど一つもないのだから。

たった一つのことをのぞいては。

と、呟く。

「婚約者ある?」

山本ますみの単刀直入さに、美央子はどきっとする。

「わたし、まだ十九よ」

そもそもそんなことまで考えたことがなかった。

「そう」

山本ますみは安らかな顔になる。そして、やさしい声でつけ加える。

「何でも、わたしに相談して。相談に乗ったげるから」

「何もあらへんよ、ほんま」

美央子は強く言う。

「デートぐらいあるやろ?」

「何もないって」

濃い間ができる。さっき二人で通ってきた通りの、格子をめぐらした家の表のことを、格子の後ろに身を隠して、隙間のところに目をくっつけ、外の人の一挙一動をじいっと見ている目を想像したことを、美央子はふいに思い浮かべる。

「それよりか、わたし困ってることあって」

美央子は気持をひらいて、言う。

「何でも相談に乗ったげるわ」

山本ますみはさらにやさしくなる。

「この前言うたでしょ、料理学校おもしろのうて」

「何がおもしろないの？」

「ようわからん、何となくおもしろない」

「藤原さん呑気なこと言うたはる。ちゃんと自分が将来どういうことをするか見定めて、それに役立つことを、おもしろてもおもしろのうても身につけるんよ」

「見定める、て？」

「一つのことを」

「いつか結婚するやろぐらいしか何もわからんわ」

「へえ、誰と？」

「ない、て言うたやろ」

「そやけど誰かがあるから、そんなこと思わはるんやわ」

「山本さん、しつこいわ、何でしつこう聞かはるの？」

「いや、ごめんね、ほかのお話しよ」

「言うとくけど、わたしまだ高校を出たてよ」

「その、ぽっと出たてのとこが、かわいらしい。藤原さんそんなふうにむきにならはると、かわいらしい」

「どうもありがと。それで、料理学校のことやけど、わたし辞めよ思うの」

「辞めてどうしゃはるの？　短大へでも行かはるの？　あんな遊びの学校へ行かはるの？」

「ううん、全然」

「四年制の大学で、かしこい勉強したい言わはるの？」

「まっぴらごめんやわ」

そこで二人は、自分たちの奇妙な真剣さに気づいて笑いだす。

「藤原さんて、ええ人やね」

「どうもそうらしいわ」

「おかしな言い方、自分のことやのに」

「人から、そう言われるから」

人から、そう言われるけど、ほんまは違う。うちのどこが、ええ人なんやろ？　きっと、すこし鈍うて大ざっぱにみえるから？

「何で大学はまっぴらごめん、て言わはるの？　わたしは大学行けたら行きたかったわ」

「この前言うたのに。本読みとうない。本読んでもおもしろない」

「資格を取りたい、て言うたはったわね。わたしの行ってるビジネス学校、どう？」

山本ますみは熱心にすすめる顔になる。

「ようわからんわ、わたし」

美央子は是が非でもしたいというものがない。料理学校についても、これで三週間ほど辞めよう辞めようと思いながら辞める理由がないままである。

「資格やったら、いろいろあるから。秘書技能検定、英文タイプ、簿記、実用英語、商業英語、和文速記、ペン字、こんなたくさんある。もちろん、どれか一つだけでもええし、わたしは三つ取ったけど」

「山本さん三つも？　もう取らはったん？　ええなあ、自分が決まるもんね」

「この前も藤原さんそんなこと言わはったわ、自分が決まる、て」

「そやないの、山本さんかてそうやろ？」

「わたしはそんなんと違う。わたしは、ただ、それでええポストが見つかるからやけど」

「そうそう、わたしかて、ええポストが見つかったら、自分が決まってくると思うわ」

「そやけど、藤原さんの言わはるのと、わたしの言うのと、どこかちょっと違うわ」

「そやね、上手に言えんけど、違うみたいやね」

「藤原さんて、ぜんぜん実際的なこと求めたはらへん。わたしは、資格とって、それでええポストにつけて、ましなサラリーもらえて、ちゃんと生活していける、そういうことえ」

「実際的なことを求めてへん、て？」

「そんなふうにみえるわ」

「そやけど、自分が決まらんいうこと、それはわたしには実際的なことやわ。これほど実際的なことてない言うてもええほどやわ。自分が生きてることそのものやもん」

「藤原さん何かしらんけどむつかしいこと言いださはる」

「何で、むつかしい？」

「わたしそんなふうに物事を考えへんから」

「他人がどんなふうか知らんわ」

「わるいこと言わへんから、ビジネス学校にしたらどう？　わたしがいるから、わからんこと何でも言うたげるから」

「ビジネス学校ねえ、秘書科ねえ」

と、美央子は嘆息するふうに言う。

「ほかにも、ビジネス英語会話科とか、経営学科とか、簿記会計科、速記科、タイプ科とかあるけど」

山本ますみの、それ以外の時のあいまいさとは打って変わった、親切な人という面が前面に出てくる。

他方、美央子は呟いている。この、自分が決まらんいうことが、何とかならんもんやろか。生きてるてことは、決まらんことやていう気がする。たくさんのもんが湧いてきて、自分があとも思えこうとも思え、どうとでもなれる。何が自分かわからん。そやから資格とったら、その資格の枠みたいなもんができて、そこのとこで自分が固まるような気がする。

一瞬、美央子は白日夢のような状態に落ちこむ。資格の枠からの連想らしい。海水浴の時の円形の浮き袋のようなものに入って、自分が浮いている。浮き袋といった感じでなくて、木で出来た円形の枠なのである。その円のなかに入って枠のところを両腕でささえて、浮いているのだが、下半身の没しているのは、とろとろ沸騰している海なのである。生きているということの海なのだ。うっかり枠から両腕をはずせば、そこへ落ちてしまう。かならずしも怖いところというわけではない。なぜなら自分はその只中から生れてきたらしいから。けれども、いろんなものがたえまなく湧いていて、その時その時の波動が自分のその時その時をつくっていくように思える。そのことに自分の全体が曝されている。

枠が欲しい。

と、叫んで、夢のようなイメージから目が醒めた。

声には出なかったらしくて、ビジネス学校についての山本ますみの説明は中断されることなく続いている。

ふと、或る思いにとらわれる。

秘書科で資格とって、岩崎家の事務所で働かせてもろたら、どうやろ？　東京出張所の建てなおしに、二人で東京へ出むいていくことができたら、どうやろ？

そんなことを考えてもいなかったというのに、いきいきと目に見えるような実感をともなって現われ、美央子は、驚き、息づまるほどの気分になる。

「山本さん、わたしそうするわ」

と、口にだして言ってしまう。言ってしまわなければ、一歩を踏みださないだろう。

「そうする、て？」

山本ますみは、美央子の唐突さにすこし目を丸くする。

「秘書科にするわ」

言いながらも、まだまだ決まらないものが深く根を張っているのがわかっている。いつもの夢想が発展した程度にすぎなくて、あの二人分の切符と同じくらいの現実性のなさであったから。

「ありがと、山本さんのおかげやわ、来週いつでも連れてって。わたしそう決めたし」

決めたことにしてしまわないと、決まらぬものがどんどんなし崩しにしていくから。

「よかった、よかった」

山本ますみも心からよろこんでいるとみえる。

美央子は、暇するため立ち上る。

「ほら、これ学生証よ」

山本ますみも立ち上り、さっきさげていたカバンから、定期入れを取りだしてくる。

「もやもやしてたん、ちょっとすかっとしたわ」

美央子はそれに目をやったまま部屋を出ていこうとする。

「見てみて、藤原さん」

山本ますみの仕種になにか不自然な動きがあらわれ、定期入れから学生証をぬきとって差しだす。

やむなく美央子は手に取る。二枚折りになっていて、開くと、中に写真が貼りつけてある、と見る間に別な写真がすべり落ちる。

「いやあ、こんなもん挿んでたわ」

山本ますみは、妙に大きい声をたて、それを粘った笑いに変えながら、写真を畳の上から拾う。

いかにもサラリーマンといった固い感じの若い男の上半身が映っている。

美央子は学生証を返し、部屋を出ようとする。

「藤原さん、この人ね、わたしの婚約者」

語尾に笑いが混ざる。

美央子は、山本ますみの差しだす写真を手に取り、何も訴えてくるものはなかったから、すぐに返す。

「すてきね」

その男がというのでなく、婚約者のあることにたいして、美央子はそう言う。山本ますみがこちらの言葉を異常に期待しているふうだから。

「そう思う?」

山本ますみはこの会話を続けたい様子である。

「そう思うわ」

美央子は、すでに上り口に立ち、脱いであるスリッパへ足を落とそうとしている。山本ますみの引きもどそうとしている力を背中に感じて、立ち去りかねている。

「わたしの就職決まったら結婚することになってるの。二人のサラリー合わせたら、マンション借りられるし。わたしの就職決まったら、ね。秋からずっと探してるけど、なかなかむつかしゅうて、行きたい思うとこは採ってくれへんし。そやけど、せっかくええポストを思て、ビジネス学校へ二年通て資格とったんやから、ええ加減なとこで譲歩しとうないし。譲歩したら、資格なしに働いてた頃と同じことになってしまうし。すてきや思はる、この人？　長いこと待たせてしもて、待ちくたびれるほど待ったはるんえ、わたしと結婚するの」

山本ますみは写真を宙にいただくふうに掌にのせている。

美央子はやっとスリッパをはき、ドアのノブを取り、山本ますみに顔だけ向け、まだ立ち去りかねている。

「いちずな人やから、わたしのほか何も目にはいらんほどの思いこみようなんよ」

山本ますみの言葉が粘りつくふうに追ってくる。

「そしたら、また」

やっと美央子は言い、ドアをあけて廊下へ出た。

二時間ほど前に山本ますみからさそわれた時に、藤原さんにお見せしたいもんもあるし、と山本ますみの言ったことが思い出され、そのために行ったのであったが、結局のところ何も見せてもらわなかったのに気づく。けれども、もやもやしたものがからみついていて、ふと、それを掻き分けながら考える。お見せしたいものとはあの写真のことだったのか。そんな気がしないでもない。いや、ますますそう思えてくる。そして、またしても、ビジネス学校をめぐるあの親切さにもかかわらず、山本ますみがあいまいな顔をおびはじめる。迂回につぐ迂回を経て何かを言おうとしている。そうそう、もしかしたら、ビジネス学校についての話題さえ学生証へ話をもっていくための、そこに挿んである写真のところへすべてを運んでいくための、遠い回わり道だったのだろうか、そうだろうか。

5

流される、流される、と、一晩中、美央子は夢うつつに考えていたようである。何に流されていくのかいいようもなかった。外の何かなのか内の何かなのかけじめはなくて、外が内へ雪崩れこんでくるようでもあり、内が外へ流れだしていくようでもある。何処まで広いか深いかわからぬ、どっぷり濁った流れが、自分をはこんでいく。きちんとした方向へではない。なぜなら、流れといっても河のようでなく黄ばんだ海のようだから。

高校を出るまでは、これほどではなかった。この都市へ住みにきて、岩崎家にいた頃も、これほどではなかった。もっとも、ずっとずっと、この同じものが自分の底を流れていたらしい、と思い出すけれど。けれども底を流れていたにすぎなかった。こんなふうに洪水になって、自分が首までつかってしまうことは、これまでになかった。

なぜこんなふうになったのか、わからない。誰かわからせてほしいと思うけれども、どこか一方では、誰もわからせてくれる人はいないらしいとも本能的に感じている。

河のようでなく海のようなこの流れ、何処へ流れていっても結局のところふつふつ湧いている海のなかにいる。逃げだすことはできないもののようである。生きるかぎりそこに溺れている。

夢うつつのうちに考えているので、いっそう、そこに溺れている感じがともなう。眠っているのではなかった。夢など見ていなかった。現に、いまいちばんかかわりをもっている人々、初子、松男、常男、小百合、山本ますみ、島田八重、料理学校で知り合った五、六人の友達などが、はっきりした輪郭をもって頭のなかを去来しているのであったから。

他方、戸外の物音をもちゃんと聴いていた。雪が降っているらしかった。そうとしか思えない秘やかな音なのだった。アパートの屋根とか隣家の屋根など近いところでしている音というより、それもふくんでいるのだろうが、はてしない遠くまでの全体が、なにか同じ音によって静かに静かに鳴っている。

ふと不思議な気分をもつ。はてしない全体が同じ一つの音をたてる、ということに。雪だけがそんなことをする。雨ならば、同じ音ではない。木や屋根や壁や地面や、それの当たるものに応じて、いろいろな音をたてるから。

その音に聴きいっていると、自分はここにいながら、同じ音によって鳴っている遠くの遠くへまで行っている気分になってくる。聞えないほどの距離をへだてたところの、その音にまで、耳をのばしている。なぜなら、どこもかしこも、その音だけをたてているのだから。

美央子は体でそんなふうに直感する。そうして聴きいっていると、さっきからの、何処へ流されていってもとろとろ湧きたつ怖いような海中にいる感じが、次第次第に澄んでくる。

いつのまにか、あの海全体に、雪の降っている光景が、自分のうちに出来てきている。雪がすっかり占めつくしたので、もう不安な流れはなくなって、しいんと静かさの音だけがしている。はてしなく広く深いのはそのまま変わりないけれども。けれども広さ深さに足をとられるのでなく、何処までもゆったり足をはこんでいけるらしい。

そして美央子は眠りこんだ。

朝、目が醒めると、やはり、夜の間のあの音は雪であったのだ。

しばらく窓をあけたままにしておく。隣家の屋根も墓地も、その先にかたまっている低い家々も、全部がまっしろで、空にも、地上の積雪と同じ色に厚く深く積雪しているようにさえみえる。墓石のどれもが、頂を突きだしているだけで、ふかぶかと雪の層がおおいつくしてしまっている。電線の上にも、まるで曲芸のように落ちないで、雪の薄い壁が立っている。

いつでもこんな具合やと、ええのに。

と、美央子は窓辺に立って、呟く。

雪景色のことであるが、別なことを思っているようでもあった。夜中に黄ばんだ海を漂流していたことが嘘のような気分なのだった。

「山本さん、きれいえ、早よ起きて見ゃはったら」

階下の窓のほうに上半身を乗りだして、美央子は言った。昨日、帰り道でいっしょになってから、山本ますみから来る不穏な流れが自分のうちに入ってきていて、そのことでずっと気分がすぐれなかったのではあるが、雪が洗ってしまっていた。

階下からは何の応答もなかった。代わりに、隣室の窓があき、ガウン姿の男が顔をだした。山本ますみの昨日の説明によれば、定住者でなく、何処かの会社が借りている部屋に、社用で出張してきて泊っている男らしかった。

岩崎家へ行こ。朝御飯終ったら、すぐ行こ。

と、美央子はふいに決めた。今朝のこの気分をたずさえて行くところといえば、何といってもそこなのだから。

朝食をさっさと済ます。

時計を見ると、まだ九時前である。十ヵ月住み馴れたところとはいえ、こんな時刻に訪ねていくのははばかられる。

溜まっている洗濯をひとまとめにしてしまうことにする。こんな天気では誰もいないのではないかと思ったが、廊下をへだてた反対側の洗濯室へ入っていくと、もう三人の女がてきぱき動いている。美央子が洗濯機へ自分のものを放りこみ、手洗いにすべきものを手で洗っているうちに、干し場は、ほとんどの紐に、濡れた衣類がぶらさがってしまった。美央子は、山本ますみが説明してくれたことを思い出しながら、三人の女が独身のサラリーマンなのか共稼ぎの者なのかと、何となく見ている。

「まだまだ雪降るそうでっせ。天気予報言うてましたわ」

「乾かんけど、仕様がないわ。湿気《しつけ》てる日に干しても同じことやけど。そやけど、洗てしまわんと片づかんし」

「今年は雪多いね。何十年ぶりやそうですて」

「まだまだ降りそうな空やわ。洗てしまわなんだほうがよかったやろか。そやけど片づかんもんな」

「昼間は降らんらしいわ。今晩から翌日《あした》まるまる降るて」

「昼間降らんいうても、乾かんことは同じやわな。ぼってり湿気てるし、風呂場の湯気ん中、干してるようなもんや」

女たちが立ち去っていくと、干し場を、濡れた肌着がしらしらと埋めている上に、しろっぽい空と白い積雪とがまわりにひろがっていて、すべてが白色調の眺めになっている。紐のあいているところに、美央子が自分のものを吊るすと、それでもう干し場はいっぱいになる。流される流されると、一晩中歎いていたけれども、そのことの歯止めであるかのように、女たちが洗濯していていて、自分もそこに加わっていると、ああした感じはすべて悪夢に属すること、眠ってはいなかったけれど夢の地帯のもののように思われてくる。

十時半に、やっと出かける。

電話をかけた上で、と思ったが、そうせずに出ることにする。訪ねていく目的がはっきりしなかったから。もっとも目的がなくてもよかった。いつでも来たい時に来るようにと初子は言っている。

上り口の壁面に貼りつけた鏡を、ちらと見る。

昨日の土曜はまるまる、何もすることのない気分に直面し、今日の日曜もそうだろうという見通しが、いっそうとりとめのなさを作りだしていたのであったが、いま鏡のなかの自分はいきいきと目がはずんでいる。くりくりした大きな二重瞼、すこし茶色がかった肩まで垂れた髪、浅黒いけれどもなめらかな肌、頬は肉がはちきれるように丸く盛りあがっている。

若いし。

と、呟く。

きれいとは違うけど。

と、自分でわかっている。

そやけど、これでええ。

と、納得する。

なぜ、いまいきいきしているのか自分ではっきりしなかった。もちろん行先のことはある。その男のために、自分の生きている肉の細胞のすべてが、蜜をふくんだようになっているのだから。けれどもそのためばかりとはいえないらしくて、そう、雪が降ったからだという気がし、とはいってもなぜ雪が降ったからいきいきしているのか、いっこうにはっきりしない。一晩中、何処ともいいようのない不安で怖いような宙を漂流していて、不安で怖いようなのは、宙にいるからばかりでなく、湧きたち湧きたつものが自分をあちらへこちらへと弄ぶからであったが、そうしたすべてが一挙に雪景色に変わってしまった。だから、こんな仕合わせの予感のようなものが自分にみちている。そうであるらしい、とも思える。

「わからん、わからん」

鏡のなかの自分にむけて、声にだして言う。

茶色がかった髪と浅黒い肌と茶色のオーヴァとが、同じトーンになっているのを見定めてから、やっと部屋を出る。アパートを出て、雪に埋もれた道に立ち、さて、どの方向をとろうかと考える。墓地のわきを通っていく道は、雪掻きができていなかった。山本ますみがいつも通ると言ったほうの、商店などのある道なら、当然歩けるようになっているだろう。けれども美央子は、雪を踏んでいきたかった。アパートへもどり、レインシューズを長いブーツに履きかえ、そして、墓地のわきの道をとった。

墓地管理人の子供たちが雪の上を走っていて、道のまん中はいくらか凹みができている。そこへ足をいれて、ゆっくり歩いていくのだが、一足一足とブーツが側面の雪をくずして雪粉が散る。オーヴァの裾がまたたくまに雪にまみれてしまう。自分の吐く息が、積雪にかかるのがわかる。なぜなら、あたり一面しらしら冷え冷えしていて、温かく呼吸しているものは、この自分あるのみだから。息が、とても温かく感じられて、自分の中のどこか温もりの根を通って出てくるからだ、と感じられ、そう、自分はこんなに生きている、と思う。けれども、生きていて、あのとろとろ黄ばんだ海の漂流に身をゆだねているのでなく、どこか一点にすっと集まっている。積雪を一歩一歩踏んで歩いていく、この靴先に、生きていることが焦点をむすんでいる。一歩一歩踏むほか何もしていない。そのことだけをしている。そして、そのことだけで自分は自分と一つになっている。ばらばらでない。あれやこれやと湧きたつものはなく、それらはすっかり鳴りをひそめて何処かに隠れてしまったようだ。そして、白いものだけのひろがりわたっている面積の、この白い踏み固めの線上だけが、リアルで、それと自分とが、一つになっていて、そのことを歩いていく。

岩崎家へ行くんやけど、そやないみたい。岩崎家へ行って、あそこにいる男に会うことだけを、思てるんやないみたい。それを思てるんやのに、忘れてしもてるみたい。

と、美央子は呟く。

仕合わせの予感のようなものがずっと続いている。けれども、なぜ雪がそんなものをもたらすのか。

雪を踏んでいくことにだけ注意をむけていたので、通り馴れた道の意識がないまま通っていく。左の土塀も右の土塀も、区別のつかない雪の壁になってしまっている。そこを通りすぎると、うなだれたような低い家々の並びになる。屋根に五十センチほど積った雪の重みで、家々がいっそううなだれて低く低くなっているとみえる。日曜なので、あの呟やくような音は洩れでていない。

このあたりに来ると、道は雪搔きができていて、足どりに全力を集めなくてもよくなる。その分だけ、さっきからの、自分が雪と一つになった緊迫さはうすれてきている。搔きあげ積みあげた雪が、家々の前に白い大きな堤をなし、家々は、そのために、もう顔もなくしてしまって、雪ごとなだれ落ちていくかのような姿勢である。

バス通りへ出ると、さらに現実につれもどされる。やっと、岩崎家を訪ねていくのだということを、いわば思い出す。

五つ目の停留所で降り、しもた屋と商店とが、見た目にはあまり変わらぬ外観で並らんでいる区域へ入っていく。岩崎家の前面にも雪が積みあげられていて、日曜なので客の車はなくて小型商用車だけが雪をかぶっている。

すこし怖いような気分で入る。電話をして来なかったから、思わぬことに出会うかもしれないから。

店と住居とを仕切る引戸をあけ、入ると、梁のむきだしになっているがらんと高い台所は、人気がない。流しの上方に磨ガラスをはめこんだ横長の明りとりがあるだけなのだが、その外側に雪が溜まっているらしくて、外から来る明るさはほとんどない。いつも昼間でも電灯がともされているけれども、今日はそれもない。初子がいないらしい、と一目で感じとれる。初子がいるかぎり、台所には使っていない時も電灯がついているのだ。かりに電灯がついていなくとも、初子がいれば何処かに灯がともっている。何処かに、そう、美央子の中に。灯のない今、それがわかってくる。

お姉さん何処行かはったんやろ?

初子のいない岩崎家のがらん洞が冷え冷えと押しかぶさってくる。松男よりも初子に会うことを目ざして来たかのように、いま初子の不在だけが美央子を面喰らわせる。

ごめんください。

奥へむけて呼ぶ。

ごめんやす。

この都市の人々の言い方で呼んでみる。

誰も居ゃはらへんの？　お姉さん、松男さん、常男さん、小百合ちゃん。

一人一人の名を呼びあげることで、その人々が美央子のうちにいきいきしてくる。十ヵ月間どれほどこの家族の呼吸のうちに自分が呼吸していたか、その感じが、体のすみずみまで再生されてくる。

台所は、いわゆる天井がなく、屋根の裏側がむきだしになり、吹きぬけになっている。屋根の裏側も、横に太く通っている梁も、竈を使っていた頃の煤がすっかり染みつき、濁ってくろぐろしている。流しのわきの壁に備えつけになった食器戸棚の、横にいくつも桟のある引戸が、赤みがかった黒色をしていて堂々といかめしい。中に、日頃は使わない、祭事向きの、十人分とか二十人分とかが一組になった、皿や鉢や茶碗がずっしり納まっているのを、美央子は知っている。

「美央子さん来たはったん？」

廊下からの引戸があいて、小百合が小さな白い顔をだした。

「なんぼ呼んでも誰《だあれ》も出て来ゃはらへんし」

ほっとし、なごんだ気分になる。その気分は、小百合の清々しい物腰や、白のセーターと紺のプリーツ・スカートの色合いからもくるらしい。

「廊下に、氷張ってるえ」

小百合は大事な秘密を洩らすふうに、声をひそめ、いま自分の通ってきた廊下のほうを全身で示した。

「へえ、家ん中に、氷？」

美央子は台所の土間に立ったまま、小百合を見あげて言う。

「トイレの手水鉢に」

「今日は特別寒いもんね」

「そやけど珍らしないよ」

「珍らしないて？」

「よう氷張ってる、冬は」

美央子が岩崎家にいたのは四月から正月中頃までだったから知らないでいた。男便所と女便所の間のところに出窓になった台があり、青みがかった金属の手水鉢が置かれ、杓がそえてある。台は簀の子で、使った水が下に流れるようになっている。とはいっても水道が引かれてきていて蛇口がついている。それなら手水鉢を取りはらってもよさそうなものだが、配置は昔のままにしてあるのだった。

「水道も出なんだら困るね」

「今朝お父さんがお湯かけたはった」

「お湯かけたら、水道割れへん？　凍ってるんやったら」

「ううん、手水鉢に」

「手水鉢にお湯かけやはったん？」

「そやけど、またすぐ氷張ってしもて」

小百合はそのことがうれしくてたまらないような声音で言う。

「みんな何処行かはったん？」

いちばん知らねばならぬことへ、美央子は話をすすめる。

「居ゃはるよ、お父さんと松男おじさんは」

「そやけど誰も出て来ゃはらへんもん」

ウイーク・デイの岩崎家の、店の賑わいと、店から住居へひっきりなしに伝わってくる動きの波とに、馴れていた美央子は、こんな死んだような静かさの日曜は知らないままだった。土・日はかならず田舎へ帰っていたから。先日、雪しぐれを浴びて歩いてきたのは日曜だったけれど、みんなの姿が見えたので、これほどからっぽな家ではなかった。

「二人で碁したはるから」

「茶の間で?」

そんな気配もないので、訊ねる。

「ううん、二階の松男おじさんの部屋で」

「へえ、碁したはるの?」

もともと仲良うなかったし、と初子の言ったことを思い思い、言う。

「ほんまは松男おじさんのほうが強いんやけど、遠慮したはるし、いつでもお父さんの勝ちになる」

「強いんやけど、遠慮したはるて?」

「負けとくつもりで、初めからしたはるんやわ」

「誰がそんなこと言うたはるの?」

「うち。うちが言うたはるの」

「小百合ちゃん、子供やのに、て。全部見えてるもん」

全部見えてるもん。

と、美央子は口のなかで繰り返す。

この都市の人々はそういう人々のような気になってくる。どういうわけでかわからぬが、全部見えていて、その見えているもののところまで出ていかずに、ずうっと引きさがったところで、幕を降ろしている。幕があるので、見えていないかのような外見になる。

「へえ、そう」

感心して、美央子は言う。

「そんなとこに立ってんと、上らはったら」

小百合は、かわいい白地に赤縞のあるソックスの足を、上り口まではこんできて言う。

「お姉さん居ゃはらへんし」

初子のいない岩崎家に上ってしまったら、緩衝地帯なしにまともに松男と向き合わせられるだろう。

「すぐ帰って来ゃはるから、上ってて」

「何処行かはったん？」

「いつものとこ」

「いつものとこ、て？」

「日曜の朝、行かはるとこ」

「日曜の朝、何処行かはるの？」

「向う」

「川の向う、て？」

「まあ、そんなとこやわ」

「川の向うに、何があるの？」

美央子はこの都市の中央に流れている河をありありと目に浮かべる。

「うち、知らん」

「何処行かはったん？」

「向うまでついて行かはったらわかるわ」

「向う、て？」

「川の向う」

と、妙にきいんと小百合は叫んだ。

そして美央子は、二人が何について話し合っているのか、まったく霧のなかに入ってしまう気分になる。

「こんにちわ」

と、男の声、よくよく知っていて自分の一部となってしまったほどの男の声がして、美央子は跳びあがるふうに驚く。その跳躍のようなもので、たったいまの会話の中身が何処かへふっとんでしまう。

「いや、松男さん」

そう言うほか何も言うことがない。いくらでも話したいのに、先日ここで会ってから経った時のうちに蒿ばり蒿ばったものが、自分の口をすっかりふさいでしまっている、いまの一瞬なのだ。

「おじさん勝った?」

小百合がバレー・ダンスのように足先をうごかしながら言う。

「いつものとおり、お父さんの勝」

松男は小百合にむけて笑う。危険なものをふくんでいない笑顔である。

「碁お好きやて、知らなんだわ」

美央子がやっと言葉をはさんだので、松男の笑顔がそのままこちらにむけられる。すると、それが、たったいまの危険なものをふくまぬ相とは、すこし違った相をとったと感じられるのは、美央子のほうにある危険なものの色メガネをとおして見るからか。そんなふうに美央子は松男をじいっと観察している。これまでこれほど人というものを観察したことはない。

「出かけやはるの?」

小百合は、松男が和服の上に羽おっているとんびに目をあてて、言う。

「うん、ちょっとな」

松男は、両手を胸にいれた恰好でうなずく。

何処行かはるんやろ?

ツーツーと痛みが胸を走る。

さっきから初子の不在のほうが大きく覆いかぶさっていたというのに、唐突に松男が出てきて、こうして目と目を合わす距離に置かれてみると、こちらのほうがぐんと強くなる。そして、ふいにあたえられたこの距離を、たちまち松男が切り裂くふうに、出ていく、と言う。

そう、切り裂かれるみたいに、痛い。

美央子は、その痛みの在処の胸へむけて自分を集めるふうに、黙る。

けれども訊ねずにはいられなくて、口をひらいてしまう。

「何処行かはるの?」

一瞬、松男の一直線の視線を浴びる。

「あ、そうそう、この前、美央子さんも居ゃはったな、ぼくが土蔵から石見つけだしてきたん憶えたはる?」

松男は、胸へいれていた手の片方を出して、あの時のだいだい色の布に包んだものを、差しだす。握っているので石そのものは見えない。

「それ持って、行かはるの?」

美央子は別な痛みに貫かれる。

誰かにあげに行かはるんやろ。

「宝石屋へ行こ思て。よかったら美央子さん来ゃはる?」

松男は、握っているものをまた胸のなかへ納めて、言う。

「へ? うちが?」

思ってもいなかった松男の言葉に、美央子は驚く。そして目をみはる。

「めんどうやなかったら」

松男はふうっと微笑する。

「めんどうやなかったら、て?」

めんどうやなんて思たはるんやろか。めんどうやいうことが、うちのほうにある、て。美央子はすこし苛らだつ。

「そやけど、せっかく遊びに来ゃはったのに」

松男は美央子の気持の波を気づいていないのか。気づいていないとすれば関心のないしるしだろう。それとも気づいていて、わざと、しれっと言っているのか、そこのところが表情からも声音からもまったくわからない。

美央子は言葉に窮する。

「美央子さん行かはったら」

小百合がわきから言う。

その鳩のように丸めた目にうながされて、美央子は決める。

「うち、行くわ」

一瞬、次に言うことに面して間が出来、その空白は、そこへ踏みだすか否かで、まったく別なものに充塡されるだろう。

「ちょうどよかった、日曜は何にもすることのうて、ここへ寄せてもろたら、松男さんと揃《そろ》て出かけることになって」

気持のすべてをそこへこめて言ったが、意味深長でなくもとれる言い方だとわかっている。

松男はそれにたいして顔の反応を示さなかった。

門口を出ると、積雪の巨きさに立ちむかう。さっきからしばらく忘れていた、雪がすべてを喰らいつくしている今日という日のこの感触が、ふたたび美央子に息づいてくる。そして前方に目をのばすと、雪掻きされて盛りあげられた雪の、堤と堤の間を、向うから歩いてくるのは初子ではないか。

「わ、お姉さんやないみたい、何でやろ?」

美央子は並らんで歩いている松男に言う。

「初子さんていろんなとこがある。きつかったり謎めいてたり実際的やったり。そやけど、いま、そら、ああして歩いて来ゃはるのは、もうちょっと違う初子さんや」

松男が珍らしくきちんと説明する。

「松男さんよう観たはるんやね、お姉さんのこと」

「ずっとずっといっしょやったもん、東京行ってる二年をのけて」

とこう話しているうちに初子が面前まで来る。

「わかった、何でお姉さんやないみたいか。そら、黒いオーヴァのせいやわ、この間うちが借りた、これ。お姉さん着たはるの、うち見たことないし」

「いつも着てるのに。そうそう、日曜に着てるから、日曜にしか着んから」

初子は、黒いオーヴァにつつまれて、色白にくっきり立っている。

日曜に？　日曜に？　わからぬ大きな霧のようなものに侵されていき、何かを訊ねようとしながら訊ねる言葉がぼやけてしまう。

「ものすごい雪やね、うち雪て、あんまり敏感やなかったけど、今朝からずっとうれしゅうて、全部洗われてしもたから、うれしゅうて」

あのとろとろ湧きたつ黄ばんだような海流に、流され流されている生存のことを、ふと思う。

「これから何処行かはるの？　二人そろて、たのしそうやないの」

初子はせいせいした顔をしている。

美央子は何処へ行くかより雪のことを言いつづけたい。

「その前も、雪しぐれのとき気分よかったわ。あれも日曜やった、夕方やったけど。歩いてきて、ずぶ濡れになって、その黒いオーヴァ着て帰ったら、帰り道にぼたん雪がたくさんたくさん降ってきて」

言っているうちに、今朝からきざしていた仕合わせの予感のようなものが強く波状に来る。かならずしも松男と出かけるためばかりではない気がする。いま、ここに、巨きな積雪の眺めのうちに、初子と自分と松男とが立っているこの一場自体が、清浄にたのしいのであった。

「お姉さんから何かが来るわ」

とも、美央子は言った。そんな気がしていたから。

「そやろか、ふん、そやろと思うよ」

と、初子ははっきりせぬことを言った。

「宝石屋へ行ってくる、あの石、加工してもらお思て」

松男の言葉で、美央子は現実につれもどされる。けれども、イヤリングにするのかどうかといったことは、どうでもいいことになりさがっている。それどころか、松男と出かけるのをやめて初子と帰りたい気分になっている。

「お姉さんから何かが来るわ」

もう一度言ってみる。

初子は笑顔を返す。

うちて、何でこんな敏感なんやろ？ 人は、うちのことすこし鈍い思たはるし、ほんまにすこし鈍いんやけど、それとは違うとこで、敏感すぎる。このこと誰もわかってくりゃはらへん。口から出ることは、すこし鈍うみえてしまうらしいし、自分でも鈍いこと言うてるてわかるけど、口から出ることやないとこで、内にいうにいわれんさざ波が立ってて、どうやらそのあたりの深さで、うちて、高性能のアンテナみたい。そやけど、いいようもないし。

初子から何が来るのかわからなかったけれども。

美央子は松男と並らんで歩きだす。

「うちなあ、料理学校辞めることにしたわ」

この一ヵ月ほどそう思い思いして、なかなか決断がつかなかったが、こうして松男に言うからには、やっと決定した気分になる。

「へえ、そう」

松男はいいともわるいとも言わない。

「あと一年も行く気せえへんし、おもしろない。それよりビジネス学校にしよ思て」

昨日山本ますみと話している間にふいに思いついたことだが、これも松男に言うからには、そう決めようと思う。

「へえ、そう」

松男は同じ相槌を打っている。

「どう思わはる?」

美央子は返事をうながし、松男の顔を見あげる。

「そう思わはるんやったら、そうしゃはったらええのやないの」

松男は、下目使いにちらと見る。

言い方がひどく物足りないのとは裏腹に、その眼差で美央子はぽうっと熱く潤む。

「そやけど松男さんどう思わはる? て聞いてるんやわ」

山本ますみと話している間にその気になったのは、他でもない、ビジネス学校で秘書技能を身につけて、いつか松男の事務所が再興される時にいっしょに働くことを思ったのだったから。

「藪から棒に言われても、何て言うたらええか」

とんびの袖をひらひらさせ、裾もひらひらさせている姿の松男は、人目を引く。とんびを着ている人をあまり見かけないから。松男自身も、いわば休業中だから、こんな恰好をする気になったのだろう。和服の松男は洋服の松男より美央子の気にいっている。雪が、屋根に覆いかぶさり、道の両側には土堤のように積みあげられ、歩いているところも白く凍りつき、空も雪を溜めてまっしろという、こんな眺めにそれは似合い、いっそう際立っている。

「同じアパートの女の人が、ビジネス学校の秘書科に行ったはるんやけど、話聞いてるとおもしろそうやし」

「美央子さんにとっておもしろかったら、それがいちばんええわ」

「そやけど、おもしろいだけやのうて、将来性もあるし」

「将来性て？」

また松男は、下目使いにちらと見る。その動きのたびに睫毛が目立つ。

「うち、知らん」

思わずそう言ってしまう。顔に赤い潮のようなものが昇ってきたから。

「ちゃんと見定めんと」

「見定めてても思うようになるとはかぎらんし」

将来性は松男にだけかかっている。いろんなものが湧きたっていて、どうとでも自分がなっていく、あの黄ばんだ海の漂流から、早く舟に乗らねばならない。それは、田舎から出てきた時に漠然と思っていたように単なる資格をとることではなく、山本ますみの念願しているようにいいポストにつくことではさらさらなく、この男と共に生きることなのだった。

「そらそうや、見定めてても思うようにならんもんな、いろいろむつかしいから」

「何がいろいろむつかしいの？」

美央子は自分のほうへと意味を汲んでしまう。

「そら、むつかしいわ、複雑やしな、たくさんルールがあって、うっかりしてルールの一つが見えてなんだりすると、どっと流される」

「流される？」

美央子は、やっと松男が別なことを言っているのだとわかる。

「たとえばということやけど」

けれども松男はさらりと避けた。

最近の自分の失敗のこと言うたはるんやろか？　松男さんて成功した人というのは全然似合わへんわ。むしろ失敗して、ふらふらしたはるのが似合《にお》てる。自分でもそれ知ってて、実用とは反対のとんびなんか、わざと着たはるんやわ。

「流される」

その言葉がずっとまつわりついているので、口にする。

うちこそ流されてるわ。

と言いたかったが言葉にならない。それに、松男の言ったのは、もうすこし違う、外のことのようでもある。

「新聞読んだ、植村の生存見込みなして書いたる?」

松男が話題を変えた。いや、変えたのでもないのかもしれない。

「よう読んでへんけど。アラスカの山に単独登山した人のこと?」

「ぼく何年も、あの男の動き見てるんや」

「へえ、そう、何で?」

松男とそれを共有できないのを感じ、すこし胸ぐるしくなる。

「何で、て。気になるから」

ぽつんとしか言わなかっただけに、気になるということの中身の重さがある。

次々と世界の最高峰を一人で征服した男というのは、もしかしたら松男さんと正反対やからやろか? それとも、一人でそんなものすごいことをせざるをえなんだ、その男の、その一人で、というのが、気になるんやろか?

「恐いみたいやね、真冬の山に一人で登って消えてしまう、て。日本の山やない、外国の山の、誰も居ん雪の峰で、転げ落ちて、誰にも見られんと消えてしまう、て」

美央子はそう言ってみる。

賑やかな通りへ来ると、雪は車や人々の足で溶かされて、路面がたっぷり出ている。

宝石屋に着くまで、両側は商店ばかりである。松男は、あちこちに知合いがあるらしく、店中の誰かに手をあげたり声をかけたり、時には店へ入っていって誰かと立ち話したりした。雪の山に消えた男から美央子の想像したものとは、がらりと変わった、人づきのいい、気さくな男に、松男はなってしまう。

それでも美央子にはよかった。共有できないこの面にふたたび胸ぐるしいものを感じたけれども。松男の行くところなら何処にでも付いていく自分がある。付いていかないことは距離ができることであり、距離は肉を裂くふうに辛い。

第二章

1

美央子はぼんやり空を見あげている。みんなで喋っているのだが、自分だけが時たま話の流れからそれてしまう。だから一人で空を見あげている気分になる。

午前中は「秘書総論」と「会計常識」があり、午後は、さっき「話し方」が終わったところである。次の「英文タイプ」までの二十分の休み時間を、こうして同講生たちと庭のベンチに腰かけてとりとめなく談笑している。

四月一日からビジネス学校が始まって、これで三週間ほど経つ。

「あの先生、おもしろいオッサン。いくつやろ？　頭はげかけてるから、五十ぐらいね」

「サーヴィスええね、わざと転んでみせたりして」

「いや、あれ、靴がすべったん違う？　あんまり力んで、うちらのほう見て喋ったはったから」

「そやないわ、わざと転ばはったんよ、うち、ようわかる」

「サーヴィスはサーヴィスやけど、結局自分のために転ばはったんやわ。もてよ思て。あの顔ではもてんし、ユーモアでもてよ思たはるんや」

哄笑があがる。たったいまの「話し方」の講義の、受付業務のマナー実習をめぐってだった。生徒たち二十人ほどが、コの字型に並べたテーブルについていて、その囲いのなかで「話し方」の講師が立ち、ドアの開け方やお辞儀のし方を説明しながら、ドアのノブをつかむ仕種をした瞬間、床にすとんと尻餅をついたのだ。

「クラブ活動、何とらはったん?」

「わたしは旅行研究会とフォークソング部やけど、あんたは何とらはったん?」

話題はもやのように流れていく。

「うち、剣道部にしたかったけど、やっぱりテニス部にしたわ」

「うちは何にも。何にもとってへん」

「何で? せっかくいろいろあるのに。入学式の日、クラブ活動説明会の時に言わはったやろ、そこで人間関係を学ばねばならぬ、て」

「人間関係学ぶ、て、どういうことやろ?」

やっと美央子は口をはさむ。

「横のつながりできるから。講義だけやったら縦のつながりだけやもん」

「そやけど、そんなもん学べるんやろか。わたしかて学びたいけど、学べへんようなもんと違う？」

美央子は、さっき終ったばかりの「話し方」という講義についても、同じようなことを感じている。

「藤原さんけったいなこと言わはる。人間関係学ぶて、人と親しなることやわ」

「そやったら、何にもクラブ活動はいらんでも親しなれるわ。何で、学ぶて言わはるんやろ」

「共通の好みをとおして、人と親しなるいうことやと、うち思うわ」

別な誰かが言う。

「議論したり食事したり歌《うと》たり旅行計画たてたりスポーツで汗ながしたり、いっしょに何かすることや」

また別な誰かが言う。

「そいで、何学ぶの？」

美央子は言う。依然としてわからない。

「藤原さんピンボケなこと言わんといてんか」

みんなが笑う。棘のない笑いではある。

「ごめんね、わたしピンボケやわ」

美央子は素直に受ける。本当に、すべてが自分にとってピンボケ写真のように茫々としている。

こんなふうやから、人は、うちのこと鈍い言わはるんやわ。

と、わかっている。

「秘書概論」学ぶとか「会計常識」学ぶとかは、当然やわ。そやけど「話し方」学ぶとか「人間関係」学ぶ、て言うと、うち、ようわからん。「話し方」学んで、何になるんやろ？　一度「人間関係」学んだら、ずっと、ええ人間関係もてるようになるんやろか？　「話し方」が出来て、それ誰にでも当てはめて話すいうても、そんなことがスースーできたら、いったいどうなるんやろ？

他の人たちが話している。

「わたしね、この学校えらんで、よかった思う」

「うちも。はじめ短大に行こか思たけど、遊んでくらしてしまう気がしたし。それより、ここで技能身につけたら、自分が何かに成っていく」

「そうや、先がはっきり見えてくるもん」

「ここの講師の人ら、みんな優秀やわ、一流のとこから招いたはるんやて」

ベルが鳴る。

「英文タイプ」の時間である。

ベンチから立ち上り、五人は校舎のほうへ行く。この庭にはタイル状の敷石が敷きつめられていて、ところどころ円形の土がでて、一本ずつ樹が植わっている。学校自体はかなり歴史をもっているそうだが、この校舎は新しい敷地に最近建てられたものなので、樹も苗木からちょっと生育したといった、まだ根をおろしきらぬ感じで、タイル状の敷石もそこにはまったく馴染みきらぬ、どこか玩具めいた色合いの明るい茶色である。

秘書科のほかに、ビジネス英語会話科、タイプ科、経営学科、ビジネス情報処理科、速記科、簿記会計科があり、たくさんの生徒たちが庭から校舎へとゆっくり動いていく。もうTシャツや開衿シャツ姿で、二、三冊の本やノートを胸にかかえたり十字型にバンドでくくりつけてぶらさげたり、ラフな恰好をしている。秘書科の生徒たちはどことなく気どった感じがあって、長い髪にし、ドレッシーな服を着ている者が多い。

美央子は、肩すれすれまでの髪に、薄黄色の細い縦縞のある木綿のブラウスを着、焦茶色のフレアー・スカートをはいている。自分もいくらか気どっているほうである。この都市に来てから、安物だがデザインのかわいいネックレスとか指輪とかをたくさん買った。学校へ通うのに、それらをあれやこれやとえらんで、首にかけ指にはめ、頭には、横分けにした髪に白いプラスチックの髪留めをしている。そうしたすべてが日々のたのしみでもある。

たのしみはたのしみやけど。

と、美央子は呟き、校舎への石段をとんとんと三段上る。

そやけど何や知らんが、うち、この人たちと違うわ。

そんな気がするのであったが、どこがどう違うのかはっきりしない。料理学校ではこうしたたぐいのことをさほど意識しなかった。なぜここではそうなのか、そこのところもぼんやりしている。

ガラス張りの大きなドアを押して入ると、かなり広いロビーがあり、駅のホームにあるような型の、プラスチックの椅子が壁側と窓側に並んでいる。天井も壁面も、合成建材特有の落着きのない光り方をしていて、それに輪をかけて昼間も蛍光灯がついている。天井全体に何本もの長い電球が等間隔に配置されて、どうやら、それがインテリア装飾にもなっているらしい。

タイプ室へ、たくさんの生徒が入っていく。この時間は、秘書科だけでなく他の科の人々もいっしょにタイプ学習をするからで、五十ほどアイヴォリーの合成建材の机がある。机の脚の部分はチャコール・グレーである。一つ一つの机に英文タイプ器が載っている。これも二色になっていて、器械部分が緑がかったグレー、台部分が机と同じアイヴォリーである。そういえば、壁も同じトーンで考えられているらしく、すこし茶色みをおびたアイヴォリーなのだ。

料理学校でもいくらかこういう建物ではあった。けれどもここでは、場所のすべてがなにか強力な一つのことへむけていっせいに勢揃いしている感じがある。何にむけてなのか、美央子は、自分に言うことはできぬが、体全体で感じている。

うちも、そっちへ向いたらええんやろが。うちという人の全部が、そっちへむけて勢揃いしたらええんやろが。

美央子は、そうすることはとてもきついことのように思える。

そうや、この人たちにはきつうないんやわ。そして、うちにはきついんやわ。

そんな気がする。けれども誰かと話して確かめてみたわけではない。

この時間のタイプ学習の課題は、商用文の書類づくりである。いつものように、見本となる商用文の内容の説明と、それをタイプする上での実際的ポイントの説明とがあり、そして、みんなの打つ音が始まった。料理について指先の器用な美央子は、タイプについても器用にやっていける。それをしているかぎり何も問題はない。

「秘書総論」や「会計常識」の講義に出ている時と同じく、何かを学べばよかったから。

ところが「話し方」の講義となると、まったく別のことに思える。話し方をとおして人間関係を習得することが目標とされているのが、毎回講師の口をとおして強調される、その講義は、どうしてもわけのわからぬ、なにか暗い大きな穴のようなものに思えるのだ。

他の講義は、知らなかったことを知らされ、それは意味のないことではなかった。けれども

「話し方」の講義のところで、美央子は穴に落ちこむ。自分だけがそうであるらしい。なぜなら他の人々はいかにもたのしそうに反応しているから。

穴に落ちて、這いあがってこられへん。そんな感じやわ。講師の人の言うてる言葉の一つ一つが、うちに届かへん。外の外のところで発音されてて。他の講義を固い地面にたとえてみたら、「話し方」の講義は、そこだけ麦わらかなんか被せてあるけど、落し穴になってて、うちだけ落ちてしまうんやわ。そんな感じやわ。穴ん中に、いつも流されてるあの海があって、うちがそこにどっぷりつかって流されてるいうのに、あの先生、うちに届かん言葉ばっかり言うたはる。なんや嘘ばっかり言うたはるみたい。

「あ、しもた、間違えた」

声にだして言ってしまう。他の思いにとらわれていたので、商用文の手紙を一パラグラフ跳ばしてしまった。

隣りの男の生徒がちらと顔をむける。他の科なので美央子は顔見知りではない。

「せっかくここまで打ったのに、また最初からやりなおさんならん、ああ、もったいな」

と溜息をつき、器械の軸をまわしてペーパーを手早くぬき取る。

「ミスが多いかどうかは、そこに自分を集中してるかどうかに拠ります」

指導講師の声があがる。美央子の呟きが聞えたのだろう。

その他は、しいんと静まりかえっていて、キイの音だけが部屋を満たしている。呼吸さえなくなって、みんな器械の一部になってしまったかのようだ。自分だけが生ぐさい声をたててしまったのを、美央子は意識する。

最初からやりなおして、言われたとおり自分をそこに集中して、打つ。ちょっと気が散るだけで、かならず一つミスをしてしまう。削除の記号で消して、次にすすむ。四月一日から始まってほぼ三週間、ほとんど毎日タイプの時間があるので、規則もコツも何とか自分のものになってきたけれども、スピードがまだ出ない。左右前後では、軽快に打っている音もあれば、ぽつんぽつんと考え深そうに打っている音もある。今日の課題の商用文を終えてしまうと、最初に指導講師が指示したとおり、残りの時間は自由に練習テキストを打つ。

ベルが鳴る。

課題のペーパーを、教壇のところへ出しにいく。ミスを削除してやりなおしたつもりでもかならずいくつかミスのあるのが、毎回の課題を次回に訂正して返されるのを見て知らされ、がっかりしてしまうのだが、今日のは、自分で気づかぬミスがたくさんあるだろう。あの「話し方」のことを考えるのをやめた後は、別な思いが現われてどうしようもなかったから。とはいっても、いつもタイプを打つ時には決まってそれが現われる。松男への思いなのだった。

今日は誰かを待つことをせず、一人で教室の外へ出てしまう。廊下を通り、ロビーに出、ガラスの扉を押して、外気にむかって立つ。タイル状の敷石を敷いた庭のむこうは、この学校のすべての色とは正反対の、くろぐろした古い大きな家で、そこの庭の一本の八重桜が満開である。

その匂いを吸いこみたい気分で、大きく深呼吸し、それから美央子は、体重の重みごと石段を三段降りる。大きいショルダー・バッグが脇で揺れ、茶色のフレアー・スカートが脚のまわりにひらひらする。

なんや不安定やわ、うち。

と、美央子は呟く。

不安定さから脱けだそうとして、料理学校を辞め、ビジネス学校に変わったけれども、いっそう底深い不安定さのなかへ突入した気がする。

そもそも事の起りは、岩崎家での仮住居から出て、一人住居へ移った時からなのだ。それも、大人らしい自由な生き方を選んだつもりだった。けれども逆に、自分そのものに直面してしまった。いや、むしろ、自分そのものなど何処にもなくて、自分の生きていることの、わからなさ、はてしなさ、とりとめのなさ、という現象だけが、黄ばんだ海のように湧きたち湧きたちしている。

そやけど、うち、もともとこんなふうやったんかもしれんわ。

と、田舎の親元での生活を思い浮かべる。

そやから、資格とったら自分が決まってくる思たんやわ。きっと、そうやわ。あまり自分を見つめることに馴れていないので、この程度でやめておく。もっと考えをすすめようもなかった。誰かに相談する気もない。いいようもないし、誰も答えてくれるはずがない、と本能が告げるから。

他方、誰も、こうした話を美央子にした人はない。ずっしり肉がついて、大きな体格をしている上に、見るからに健康な肌色なので、外から見て、こんなたぐいの話をする相手とはみえないのかもしれない。きっとそうだろう。

今日お姉さんに電話してみよ、お姉さんに言うてみよ。

と、思いたち、美央子は足を早める。

バス停でバスを待ちながら、ずっとそのことを考えている。前から初子に話したいと思っていたのに、果さないままだった。初子がいつも忙しそうにしている上に、美央子の口にする真面目なことをまったく別なところへふわりと持ち上げてしまうので、わからなくなったりしたものだ。

とはいっても、初子との親しさを求めて行っても、それを素通りして他のほうへすっかり行ってしまうのも、最近は事実であった。

ところが、その他のほうのことが、あまりにもあいまいなのだ。ここでも霧を摑む不安定さにぶっつかる。

バスが来て乗り、思いの続きを追っている。ショルダー・バッグへ片手をつっこみ、手さぐりで小袋の所在をたしかめ、そこに手をずっと置いている。この大きな革のショルダー・バッグのなかに、革紐で吊された革の小袋が備わっている。チャックで留める部分とは別に、これは小銭入れとして作られているらしい。あまり用途のはっきりせぬこの小袋を、美央子は使用しないままだったが、松男からもらったあの二つの石を、あれ以来ここに入れて、毎日肌身離さず持ち歩いているのであった。

五つ目のバス停で降りる。料理学校はここからバス通りをよこぎって反対のほうだが、アパートへはそのままますこし歩いて、小さな通りへ入っていく。せっかく料理学校の近くにと思って住みはじめたアパートだが、ビジネス学校とも、岩崎家からにくらべればずっと近い。

スーパーでなく店家で買物をしようと思い、墓地へ出る通りではない、店家の多い道を、今日は行く。とはいっても八百屋やパン屋や菓子屋や米屋がちらほらあるだけであり、もう一つの通りと同じく、低くうなだれたような家々の奥から機織の音があちこちで洩れでている。その音にほっとして、美央子は立ち止り、ショルダー・バッグの例の小袋を取りだしてみる。

二つの石を取り、だいだい色の包み布と青い石の色とに目を焼かれ、強く掌に握りしめてみ、それからあわてて納ってしまい、小袋をショルダー・バッグのなかへ落とし、さっさと歩きだす。

苦痛な気分に貫かれている。

何で、これ、松男さんうちにくりゃはったんやろ？

その疑問が最近とぐろをまいている。

最初は単純によろこんだ。相手の気持の表われととった。

あの日、あれはたぶん二月末だった。あんな大雪は今年のうちに他にはなかったし、雪にまつわる或る気分、予感のようなものが、あの日に二、三度強く襲ってきたことも、決して忘れてはいないから。

そして、その予感のようなものを、あのとき松男と結びつけた。それ以外考えようもない。

現に、思ってもいなかったのに、松男がいっしょに宝石屋へ行こうと言いだし、それ以上に思ってもいなかったことに、あの石を、松男は美央子に差しだしたのだから。

宝石屋に着くと、松男は、知り合いらしい主人としばらく世間話をし、それからふところにいれて持ち歩いてきただいだい色の布にくるんだものを、やっと取りだした。

翡翠の雑なもんでっしゃろ？

と、松男は言った。

琅玕《ろうかん》と言いましてな、琅玕のうちでもなかなかええ色してますな。

と、主人は手にとって言った。

土蔵で見つけまして。大きな桐箱あけたら、からっぽで、その底にこれを誰かが納いこんだまま、桐箱の中身のほうは何処かへ行ってしもてて。

お宅はようけ物がおありやから。

がらくたみたいなもんばっかしで、売るに売れんようなしろものので。

先代がお買い集めやしたんやろ。

いや先々代やその前や、もっと前や、誰ともわからん人らが買うたもんが、残ってて。

これ、何におしやす?

主人は松男の顔と美央子の顔とに目をあてて言った。

美央子は松男を見、イヤリングまたはカフス・ボタンという言葉がその口から出てくるのを待った。

何にしよ思て。まだ決まってしませんのやわ。

意外にも松男はそう言った。

それから話はそれて、並らべてある宝石類へと移っていき、ひとしきり続いた。

さあ何にしよか、この石。土蔵ん中で見つけて、見つけたもんやから、何やうれしゅうて、お宅まで持ってきはしたものの。

松男は独りごとのように言う。

そのまま持っといやしたらどうどす？

主人は知り合いだから商売気なく言う。

持っとく、ね。

お宅さんの机の上にでも転がしとかはったら？　きれいな色どっせほんまに、きれいな。

なかなかおつなこと言わはりますな、今時に。

相手見て言うてますがな、そういうお人やさかい。

主人は笑った。

ああ、これ、美央子さんにあげる。

唐突に松男は言ったのだ。

へえ、うちに？　何で？

思わず美央子は訊ね返した。

何で、て。あの時、美央子さん居ゃはったし。土蔵から見つけて出てきた、あの時。

そやけど、何で、うちに？

美央子は繰り返す。あの時そこにいたということは理由らしい理由でないから。

あげるわ、美央子さん。

松男は、だいだい色の布にくるんだ石を、美央子の掌に強く置いた。

――。

美央子は何も言葉にならない。

貰《もろ》ときやす。あげる言うたはるんやから、お気持もらうようなもんや。

主人がどういう意味でか、うながした。

置いといて、いつかイヤリングにしゃはったら？

松男はそう言った。

ありがと、松男さん。

美央子は、あれほど他の女のイヤリングへむけて想像したこの石が、自分のイヤリングへとすすめられているのを、まのあたりに見、うれしさに充ち溢れる。

そのうれしさは、その後まるまる三週間続いた。その気分のうちに、山本ますみと連れだってビジネス学校へ赴き、入学手続をした。秘書の資格をとることがさほど宙に浮いたことでなく思えてきた。田舎へは金の催促をし、そのことで電話でひとしきりもめた上、母親から入学金その他の新しい出費の分が送られてきた。そもそも、岩崎家からアパートへ移る時にも、かさむ生活費をめぐって、母親と大もめし、けれども父親が肯ってくれて、気まぐれを通してもらったのだ。あの時は正月でもあったので田舎へ帰ったが、今度は金だけを電話で強要した。帰りたくなかった。その男の呼吸しているこの都市を離れたくなかった。

ところが三週間たつうちに、その男の呼吸しているこの都市にいて、いっこうにその呼吸がこちらに伝わってこないのを、考えはじめるようになる。思いに溢れる時を生きていたので、会わないでいてもよく、岩崎家へ行くことも電話をかけることもしなかったのであるが、あちらのほうで何かがすっぽり空いているような気分をもちはじめる。こちらが一人で高まっているように思いだす。

だから三週間目に電話をした。

何とはないやりとりがあった。そして何もわからなかった。松男はやわらかで、撥ねつけたり決してしないし、こちらの言う微妙なことを微妙に受けるけれども、どこかで微妙にそらしてしまうのでもあるらしい。やりとり自体、すこしも具体的なことではなかった。そもそも、年齢も違いすぎるし、あまり共通の話題もない上に、あの石のことをのぞいて、気持を言い合ったことも、ほのめかし合ったことさえないのだから。石のことは電話で触れなかった。それを言いだせば決定的なことを言いだすことになるだろうと思えた。

顔を合わせれば、もっとはっきりするかと思い、その後たてつづけに二回、夕食後ふいに岩崎家を訪ねた。一度は、松男はいなかった。もう一度は、仕事関係の来客があって、常男と松男は宵の時間も事務所にこもっていた。

だから、四月一日、ビジネス学校の始まった日、もう一度電話した。

初子が出たけれども、隠そうとせず松男を呼んでもらった。

覚えたはる？

と、脈絡なく言いだした。

何のことやろ、美央子さん、いきなり言わはるからわからんわ。

やさしく笑っている声で、松男は言った。

あの石、ショルダー・バッグの小銭入れにいれて、うち学校行ってるの。

ひどく取り乱しているのが自分でわかった。けれども逆に、取り乱すことで突破口を作ってしまわねばならぬことも本能的にわかっていた。

そら光栄やわ、毎日いっしょで。

と、松男は受けた。

くりゃはったの、うち、うれしゅうて。

言ってしまおうと決め、言う。土蔵ん中で見つけて何やうれしゅうて、と松男が宝石屋の主人に言ったことと重ねているつもりである。そのうれしさを、松男が美央子にくれたのだから、美央子もうれしい。その同じ気持が二人を貫いていると思っていい。

大事にして。大事なもんあげたんやから。

松男の声は気持を伝えてくるふうに聞える。

何で、くりゃはったんやろ？

言ってしまおうと、また決めて言う。

――。

松男の息がすっと鳴る。

何で？　うちに？

世間知らずの子供が訊ねているようなニュアンスをわざとこめる。そうでなくて、どうしてこんな危ない質問ができるだろう。あの、いつもの、すこし鈍い大ざっぱな自分のところで、演じて、じつは、その奥の焼けつくことをそのことにくるんで出している。

美央子さん宝石屋でもそう言わはった。

松男は答をそらす。

そうや、言うたわ、わからなんだし。いまでもわからんし聞いてるんやわ。

そのことやったら、あのとき言うたやないの。

わからんもん、あれだけでは。

――。

また松男の息が鳴る。

何で、黙ったはるの？

美央子さん、いつか映画行こ。

いや、ほんま？　うれし。

考えとくわ。そしたら、これで。誰や呼んでるから、お客さんやわ。

と、映画云々という内容とはまったく別なそっけなさで、松男は言って、電話を切った。

やりとりに二重のものが含まれているようで、美央子はあいまいさに足をとられ、あがく。どうしてもはっきりさせたいと思って電話をかければ、いっそうはっきりせぬところへ踏みこむのは、あたかも、不安定さから脱けだそうとして入ったビジネス学校で、いっそう不安定さの沼へ踏みこんでいくのと、どこか似ていると考え考え、その通りを歩いていくと、前方の通りのまん中に立ち止ってこちらを見ているのは、島田八重である。両手に買物のいっぱいはいったビニール袋をさげている。

「藤原さん、さっきからこうして待ってますんやわ」

と、島田八重は近づいてきた美央子に言う。

「どうも気がつかんとすみません」

美央子は素直に言う。けれども、さっきから考えていることを中断させられて、わずらわしい。

「この通りへ曲がって来ゃはった時から見えてましたんえ」

「ずっと待ったはったんですか」

美央子は、自分が立ち止って例の小袋をあけて見たのも、遠方から見られていたのだ、と知る。

「若いお人に似合わず、ゆっくりゆっくり来やはるから、たんと待ちましたえ」

「いつもは早う歩くんですけど」

考えごとの中身まで見られていたような気分になる。

「どうどす、学校？」

島田八重は下眼瞼のたるんだ目を、柔和なふうにやわらげて、美央子を見る。

「まあまあ、です」

美央子は足を速める。島田八重との話を切りあげるには、早くアパートに着くしかない。

「山本さんがすすめやはって、同じ学校へ行ったはるんやて？」

「山本さんもう卒業やから居ゃはらへんけど。そやけど夜学のほうでゼミに出たはるそうやわ。もっとええ資格とる言うて」

「山本さんのお勤め先、知っといやすか」

「ええとこ見つかった言うたはりました、くわしいこと知らんけど、ゆっくり話す間なかったし」

「やっぱり?」

「やっぱり、て何?」

「あのお人、わたしにも言わはらしません、お勤め先を。ええとこ見つかった、て、それだけきつう強調して言うたはりましたけど」

島田八重の口調に、美央子は一刻も早く切りあげたくなり、いっそう足を速める。けれども島田八重のほうは、わざと足をゆっくりすすめるふうである。

「まだ夜学のほうに出たはるて?」

島田八重は手離さない。

「そう言うたはりましたけど」

美央子は立ち入りたくないばかりでなく、さっきからの考えごとが胸を圧しているので、他のことを話すのさえ辛くなってくる。

「そやったら、ええお勤め先やないいうことどすわ。ええお勤め先やったら、まだこの上がり資格とることあらしませんもんな」

美央子は、もう返事をせず、ぼんやり山本ますみの顔を思い浮かべている。普通は秋に就職が決まってしまうものなのに、卒業間際まで職場探しをしていた時の、浮かぬ顔を。

「藤原さん、山本さんの婚約者のこと知っといやす？」

別な話題にいっそう生気を得たという息づかいで、島田八重は言う。

「学生証のなかに挿んだはる写真は見ましたけど」

「へえ、そぉ、やっぱり」

さっきと同じ口調で、やっぱり、と島田八重は言う。

美央子はもう応じないことにする。

「わたしも見ました。というより見せられました。就職決まったら結婚することになってる、て言うたはりました。何やおかしい思わはらしません？　就職決まらんでも結婚しゃはってもええのに。ええお勤め先見つかったら、二人のサラリー合わせてマンション借りて、て言うたはりましたけど。おかしい思わはらしません？　別々に暮らして家賃払《はろ》てるより、いっしょに暮らしたらずっと安あがりどす。就職決まるの、あっちで待ってくれたはる、て言うたはりました。結婚を、あっちは待ちくたびれるほど待ったはる、て言うたはりました。いちずな惚れこみようで、山本さんのほか何も目にはいらんほどやとも、言うたはりましたけど。そやけど、山本さん就職決まったのに、いっこう結婚しゃはる様子あらしません。ええお勤め先やないからでっしゃろか？　ええお勤め先見つかった上で、それまで待って結婚しゃはるとでもいうんでっしゃろか？　それに、そもそも、誰か婚約者らしい男の人が、山本さんを訪ねてみえたこと一度もあらしません。わたしは管理人どすし、誰のところへどんなお人が来るか、全部見てまっさかいに」

「あ、わたし忘れてた」

と、美央子は相手の話を切った。本当に忘れていたのだ。

「買物しよ思て、わたしこの通りを帰ってきたんです。うっかり買わずに通ってしまうとこやったわ」

そして、島田八重にちょっと笑って、離れ、歩きだした。二十メートルほど逆もどりしなければならなかった。島田八重が山本ますみの言ったこととして話したことを、美央子も山本ますみから聞いたのを思い出し、その雲の層のようなものが自分にまといついてくるのを払いのけながら、店家の軒先に近づいた。

すべてがあいまいで重たかった。

前面が格子でできている低い家々が両側に並んでいて、どんな生活が営まれているのか知りようもないけれども、誰かが何かをして生きているしるしのように、あちこちで、あのくぐもった呟きに似た音がしている。ビジネス学校に遍在するからっぽな明るさから、ここまでもどってきて、さっきはこの機織の音にほっとしたのだったが、いつか感じたのと同じ思いが、いま、ひしと迫る。前面の格子ですっかり中を隠しておいて、中から人が格子のところに目をくっつけ、他人をじいっと窺い見ているのかもしれない、と。みんなが、そんなふうに。

2

美央子はアパートの玄関で靴をぬぎ、自分の名の書かれた下駄箱の棚にいれてあるスリッパをはき、そこへ靴をいれ、土間に敷いてある簀の子板をかたかた鳴らせて踏んで、一段上の板間に上った。さっき通りで別れた島田八重はまだ帰っていないらしく、管理人室は人のいない気配である。

階段を、ゆっくり上っていく。これでもう三ヵ月以上馴れたとはいえ、足もとに危っかしいものがつきまとう。途中で二つに折れていなくて一直線に急勾配で上っていっているばかりか、一段一段が浅い。急ぐ時にはスリッパをぬいで、とんとんと軽快に上ったり降りたりすることもある。けれどもスリッパなしだと、合成建材の板木がストッキングをとおして足裏にべったりし、気持よくない。

部屋に入るなり、電話器に近づく。岩崎家の番号をまわし、発信音の鳴っている間に、肩にしていたショルダー・バッグを畳に落とす。

五時過ぎで、初子が夕食の準備にばたばたしている頃だろうと思うが、台所には初子しかいない時であるのも知っている。この今日の電話には、松男が出てもらっては困るのだ。最近店に出ている松男は、この時刻なら台所にいるはずはない。

もし万一、松男さんが出ゃはったらどうしよう？　まだ何にも言うことが出来てへん。

そうこう思っていると、やはり出たのは初子である。

「ごめんね、忙がし時間に電話して。うち、お姉さんと話しとうて」

「どうしゃはったん美央子さん？　何や声に元気ないわ」

「ふん元気ない」

わあっと泣きだしそうになる。初子の声の表わすものに包まれて泣きたい。こんなに甘えて頼っている、と、いまさらながら気づく。

「どうしゃはったん？」

初子は繰り返す。同じ声である。特にやさしい声ではない。そもそも初子は、いわゆるやさしい人ではない。

けれども初子という人にはまったく嘘がない。それを、美央子は最初の出会いから直感している。

「わるいな、晩御飯作ったはる時間やのに、急ぎもせんことで電話して」

「晩御飯もう出来てるから、気にせんといて。今日、小百合のお誕生日やし、早うから準備して、ちらしずし作ったん。もう盛りつけたるし、他にすることないから」

「ちらしずし？　お姉さんの作らはるちらしずし、おいしかったわ」

岩崎家にいた頃、一度だけ食べたその味と、その色合いとを、美央子は思い出す。

いま、岩崎家の薄暗い台所の、十畳敷の広がりのまん中に、黒い塗りの大きな食卓が置かれ、そこに常男と松男と初子と小百合の四人分のちらしずしが、それぞれ大盛りに盛って並べられ、金糸卵の黄色と紅ショーガの赤色と、たくさんの細かいぐの混じった白米の色とが、いかにも清々しく喜ばしいものを放っているのを、美央子は目のあたりに見る。

「美央子さん来ゃはったら？　おかわりできるほどたくさん作ってるし。六時半やから、まだまだ間に合うわ」

「お姉さん、ありがと、そやけど今日は電話のほうがええわ」

その黒い塗りの大きな食卓に、もう一つ、自分の分のちらしずしの皿が、つけ足されて置かれている眺めを、美央子はちらと見る。

「何？　何言いたいの？」

初子からそう言われて、ふたたび美央子は喉元でくっくっと嗚咽の鳴る気分になる。

そやけど、何にも、泣かんならんような出来事あらへんのに。何にもあらへんのに。

と呟き、そして言う。

「うち、お姉さんとこからアパートへ移らへんだほうがよかったんやろか」

「何言いださはるの？　アパートで一人で暮らす言うて、美央子さん出ていかはったんやないの。最近若い人みんなそうやし、この家の不便な暮らしよりアパートの今風の暮らしが、美央子さんにはええのと違うの？」

「うち、不安定やわ、だんだん不安定になるみたい」

「そら、自由と不安定はうらはらよ、強うなかったら、自由て、どうしようもないもんになるよ」

「お姉さんようわかったはるね、そらそうやわ」

「何か、あるんやね？」

「何か、て？」

強く、松男のことが浮かぶ。けれども決してそれだけではない。

「辛いこととか困ってることとか、もしあったら、言うてくりゃはってええんよ。うち、あんまり助けにならんと思うけど」

「何で、お姉さん助けにならんの、うちにたいして？」

「人は人の助けにならんもん、結局のところ。ほんま、そやもん。それを言うただけやけど」

「へえ、人は人の助けにならんの？　そうや、ちょっとわかるような気がするわ」

美央子は、あの何か知らぬものが湧きたち湧きたちしている黄ばんだ海に、自分がどっぷりつかったまま何処かへ押し流されていくこの日々、誰か人がどうにかしてくれることのできるようなものでは、それが決してないのを、体全体で感じている。

「そう言うても、何でも助けになるし、何かあるんやったら何でも言うて」

と、初子は、特別なやさしさなどは含めずに、言った。

「お姉さん何で大学行かはらへんだん？」

自分のことを言おうと思っていたのに、美央子は初子のことを訊ねてしまう。

「そんなことのために、この忙がし時間に電話して来ゃはったん？」

初子はあっけらかんと言う。

「ごめんね、忙がし時間に」

「かまへん言うてるやろ。ちらしずしもうちゃんと盛ったるし、あとは、お豆腐のおすまし作るだけやから」

「ほな、言うて。何で大学行かはらへんだん？　お姉さん頭ええのに、何で勉強しゃはらへんだん？」

「勉強て？」

「お姉さんの年の女の人たくさん大学行ったはるのに」

「勉強なんて、美央子さん」

「ようわからん、もうちょっとちゃんと言うて」

「大学で教えてることみんな嘘やと思たからやけど。あの時、十八の時、そう思たからやけど」

「いまはそやない思たはるの？」

「知らん。どうでもええわ、もうそのことは」

「そやけど、うち不安定で不安定で、誰ぞわけを教えてくりゃはる人ないやろか思て。大学の誰ぞ、教えてくりゃはる人あるんやろか」

「ない」

「へ？」

あまりはっきりした初子の返事に、美央子は訊ね返す。

「ない」

と、また初子ははっきり言う。

「何で、そんなこと知ったはるの？　自分は大学行かはらんと、何で知ったはるの？」

「ちらちらわかるし」

「何で、わかるの？」

「もうええ、美央子さん、この話やめよ」

初子は強く言った。

「うちが、聞いてるんやわ。不安定で不安定で辛いんや。資格とったら安定するか思て、料理学校入ったけど、おもしろないし、おもしろそうにみえてビジネス学校入ったけど、資格たくさんとろ思てがんばってるけど、そやけど」

「そやから、どうて？」

「大学行こなぞ思てへんよ。うち勉強好かんし。お姉さんと、ここのとこ似ててうれしいわ」

「似てる、て、気軽に言わんといて」

妙にきつく初子は言う。

「ちょっとでも近づきとうて、言うてるんやわ」

「うちに、ほんまに近づきたい？」

「ほんま、ほんま。お姉さんといるだけで何やらほのぼのしてくる」

「そんなら、また遊びにきて」

「そうするわ、ごめんね、時間とってしもて。早う、お豆腐のおすまし作りはじめて。さいなら」

と、電話を切りかけ、美央子は、一瞬、耳を澄ます。初子の立っている上り口に近い電話台のあたりを思い、そのまわりにひろがる十畳敷の台所の畳の、冷え冷えと黒ずんだ面を思い浮かべ、もしかしたら、いま、それを踏んで松男が店のほうから台所へ入ってくるところではないだろうか、と。もしそうなら、その足音でも聴きとりたいと、耳を澄ます。

「また遊びにきて、さいなら」

と、初子は電話を切った。

やっぱりよかった、お姉さんに電話して。

美央子は呟き、ほのぼのしてくる。

ふいに自分もちらしずしを作りたくなり、さっき夕食の材料を買いそろえたけれども、それを辞めにして、ちらしずしの材料を買いにいこうと、財布をとった時、ノックの音が聞える。

ドアをあけると、山本ますみの白い顔があった。白く、じっとり脂っぽい顔である。いつもよりそう感じるのは、今日の山本ますみがどこかが無気力であり、その分いっそう肉がむきだしになっているふうだから。

「電話、終らはった?」

と、いきなり山本ますみは言った。

「終ったけど」

妙に思い、美央子はそう受ける。

「さっきからノックしてたんえ、電話中やったし、ここで待ってて、待ちくたびれてしもたわ」

「そやったん、ごめんね」

美央子はそう言ったが、電話を全部聞かれてしまったのかと、ぞっとする。

「買物に出やはるの？」

山本ますみは美央子が手にしている財布に目をとめて、言う。

「急がへんけど、何用？」

「急いだはらへんのやったら、ちょっと上ってええ？」

と言って、山本ますみは上ってしまった。

「買物行かんならんけど」

美央子はあまり歓迎しないことを匂わせる。

「わたし、いま帰ってきて、道で管理人さんと出会《でお》たん。島田さんのことやけどね。そしたら、藤原さんとも出会たとこや言わはって、そして、藤原さんとわたしのこと喋ってた言わはって」

一気に言って、山本ますみは部屋のほうへ入りこんでしまい、畳に横坐わりになった。

美央子はひどくめんどうになってくる。島田八重の張っている蜘蛛の巣と、山本ますみの張っている蜘蛛の巣とが、絡みあっているのは、最初の頃から気づいているが、その二つが絡みあったまま自分にふわりと覆いかぶさってくる、という感じがする。

「五、六分、道でいっしょやっただけやけど。わたし買物せんならんかったから、すぐ別れてしもて」

と、美央子はそらし、できるだけ間を置いて窓に近いところに坐わる。

「買物しゃはったのに、また買物に出かけやはるの？」

山本ますみは、美央子が握ったままの財布に、また目をあてて言う。

「ちょっと買い忘れたもんあるし」

美央子は、予定の夕食の内容からちらしずしに変更したことまで、山本ますみに見られているような気分になる。そこまで立ち入る言い方だったからでもあるが、他人の動勢に聴き耳をたてているようなところが、山本ますみには常にある。

山本さんだけやないわ、管理人さんかてそうやわ。そや、みんなそやわ。

そんな気に美央子はなる。そして、あの格子の家の構えをまたしても思う。

「わたしのこと喋ったはったんやて？」

山本ますみは元へ話をもどす。

「いろいろ喋ったことのうちに、山本さんのこともあったけど」

美央子は用心深く応じておく。

「わたしの結婚のこと、藤原さんと管理人さんとで喋ったはったんやて？」

奇妙に、うきうきした顔に山本ますみはなる。

「わたしはよう知らんもん、喋るいうても」

「そや、よう知らはらへんし、お知らせしとくわ」

美央子は黙って、相手の言いだすのを待つ。山本ますみの顔に目をあてている。山本ますみの顔が妙にべっとり白いと今日感じるのは、口紅の色が変わったせいなのか、と見ている。油性のきつい、ベージュに近い色で、菓子でも食べた直後なのか、唇の外に滲みでてしまっている。

「近々、結婚するんえ」

ぽつりと言い、山本ますみは、なぜか大きく息をする。

「いつ？」

「ふん、近々」

「ええね」

美央子はふと松男のことを思い、ええね、と言う。

「ええやろ」

山本ますみは白目のめくれるような目付になり、その白目のところがきらりと閃光を放つ。

「マンション決まった？」

自分も松男とマンション住いをしたい。

「それが、なかなかのうて、二人であちこち探したわ」

「最近山本さんあんまり見かけへんだん、それで忙がししたはったんやね」

「そや、そや」

妙な強さで、山本ますみは相槌を打つ。

「よかったね、山本さん」

美央子は、微笑しておく。

山本ますみは何かを口ごもるふうにし、しばらくしてから言いだす。

「東山のふもとに、いま建設中のマンションあってね、二人で見にいったんやけど、それに決めたわ。そやけど建ちあがるまで、まだ四、五ヵ月あって」

「九月に建つの？」

「そう、その頃」

「ほな、九月まで待たはるの？」

「待ちついでやし、こんな待ったんやし」

「そうや、納得いくのがいちばんええわ、その間にいろいろ準備しゃはったら」

「そう思てる、そう思てる、ありがと、藤原さん」

山本ますみは半泣きのような顔になった。けれども、うれし泣きといった感じでなく、脂ぎったものが顔の裏からぬうっと表われでている。

「わたし買物行かんならんわ」

美央子は深入りしたくなかった。

「あ、その本棚に置いたはる画集、西洋名画いうの、ちょっと取るよ」

山本ますみは美央子の言うことにはかまわず、立ち上り、本棚からそれを勝手に取る。そして、ぱっぱっぱっとページを繰る。

「藤原さん、開いたはらへんの？ 買《こ》うて、見たはらへんの？ ページくっついてるわ」

と言いながら、指先に唾をつけ、またページを繰る。

美央子は画集の、白いつるつるした紙の、山本ますみの指の当ったところに、口紅の色が捺されたのに、目を落とす。

「この間、買うたとこやし」

美央子は答え、山本ますみの指が、最初のページにはっきり印をつけ、次のページにはすこし薄く、その次のページにはもっと薄く、汚していくのを、黙って見ている。

山本さん、気がついてへんのやろか。きっと、気がついてへんのやろ。赤い口紅やないから。とは思っても、怒りが湧きたってくる。

かならずしもこのことについてとは言えない、もっと大きなことについての怒り。これまでの山本ますみとのかかわり全体についての、怒りとしか言えないもの。

それが自分の底の底からごおっと熱く立ちのぼってくる。熱いようでもあるが冷え冷えと凍ってもいる。

山本ますみは最後までページを繰り終って、言う。

「ないわ。あるか思たんやけど」

「何が?」

美央子はむっつりした声で言う。

「結婚の絵。何とかいう、そら、そうそう思い出した、シャガールいう人の絵。男の人と女の人が、結婚式の服装のまま空を飛んでる絵。知ったはる? あれ藤原さんに見てもらお思たんやけど、ここにはないわ」

「わたし、知らん」

「あの絵、見てほしかったんやけど。待ってる間にいろいろ準備しゃはったら、て、藤原さんすすめてくりゃはったから。あの絵みたいな衣裳をと、わたし思てるのを、見てほしい思て。残念、残念、この画集にのうて」

山本ますみは、それでもまたページをゆっくり繰り返していき、例の口紅の汚れのところで、はたと手をとめ、一瞬考えこむふうにそれを見つめるのを、美央子は見た。

やっと、気がつかはったわ。

と、美央子は思い、気がついてさえくれれば、もうそれでいいと思った。

すると、山本ますみは濁った目をあげた。

「藤原さん、この画集、古本？」

「ううん、新刊書店で買うたんやけど」

「ほな、誰ぞが汚さはったんやわ、そら、ここと、次のページと」

「誰ぞが汚さはったんやろね」

美央子は唖然として、言う。

「新しい本買う時、ちゃんとよう調べてから買わんと、あかんよ。新刊でも、本屋に置いたるうちに人が立ち読みして、汚れてしもたりするから」

言いきかせるふうに、山本ますみは目を据えて言う。

物事と物事との妙な隙間に、美央子ははまりこむのを感じる。その隙間は、二つの物事が正反対のことなのに、どちらも成り立っているようなところなのだ。何がこれで、何があれ、と区別できなくて、本当はあれとこれとは別なのに、誰がしているとも知れぬ、裏返し、ごまかし、すり替えといったものが、そこのところを支配し、そんな場所がどこか目に見えないところにあって、そこに、自分も相手も落ちこんでいる。

気の狂うたような気分やわ。うち、さっき、山本さんが指を口で濡らさはった時、口紅がちょっと指について、それでページが汚れたんやと思てたけど、いまでもそう思てるけど、ほんまはそやのうて、本買うた時から汚れてたのかも知れん。山本さんの言わはるとおりなんかも知れん。山本さんの言わはるのに、そやない言う証拠は、何処にもないもん。あの時、うちの目がそれを見たというのが、ほんまでも、もう汚れてしもてるもんについて、いつ汚れたんか、いまさら証拠ないわ。

どうしても筋道のとおらぬ筋道を美央子は追う。

けれども同時に、はっきり考えてもいる。

見事に、すり替えやはったわ。ほんまに見事。

と。

さっきからの怒りがもう鎮めようのないものに増量してしまっている。

山本ますみは、美央子の凝視にたいして体ごと後退するような目つきになり、そして立ち上る。

「もう六時半になってしもたわ、ついつい喋りこんでしもて」

と言い、いそいで上り口へ出、スリッパをはいた。ドアのノブを持ち、こちらを振り返って、言い足した。

「わからはった、わたしの近況？　結婚のことちゃんとお知らせしときたい思たから。ちゃんとお知らせしとかんと、人がいろいろ言わはるから。違うふうに言わはるから。人が」

山本ますみがドアを閉めると、美央子はその見えない後姿へむけて、全身で押しのけるような仕種をした。

最後の、人が、というのは、美央子のことかもしれなかった。道での島田八重と美央子の立ち話が、その直後に、同じ道での島田八重と山本ますみの立ち話へと、どのように伝えられたか知るすべもなかったけれども。人が、というのは、島田八重のことのようでもあった。

部屋の窓をあけ、空気をいれかえた。

もう、ちらしずしの材料を買いにいく気がしなかったので、初めにそのつもりにしていた材料で、夕食をつくった。

山本ますみが目の前にいなくても、山本ますみへの怒りはふつふつと湧き、凍える火のようで、熱いのに全身を凍らせている。

何で、こんな気分味わうんやろ？　忘れたい、忘れたい。

美央子はそそくさと食事をすませた。そして、外に出るほかどうしようもないので、行先の宛もなく小銭だけポケットに放りこんで、部屋を出た。気持が乱れているのでいつもより用心して、急勾配の階段を一つ一つ踏みしめて足をおろしていく。一段の幅が狭く、ちょうどスリッパの長さと同じくらいの幅なのだ。片側は手摺になっているからそれを持っていればいいけれども。降りていく左側は管理人部屋の壁であり、右側は、廊下ぞいに山本ますみの部屋なのだから、危いもののいっぱい跳梁している宙を降りていく気分である。

独身のサラリーマンらしい男と、共稼ぎの中年の女とが、帰ってきて玄関で靴をぬいでいるのに出会う。女は、時たま洗濯室で出会って話をしたことのある間柄なので、にっこり笑う。住人のうち子供は一人もいないのでひっそり静かである。

彼らと入れ違いに、美央子は外へ出た。

墓地ぞいの道を夜に通ったことはないが、誰も人のいないところを歩いていきたいので、こちらの道をとる。闇の匂いがしている。闇の匂いなどあろうはずはないけれども、そう感じる。しっとりと分厚く優しかった。自分の闇とは違う、自然の闇なのだ。そこに自分の闇を浸して鎮められたい。うっすら甘い花の匂いもしている。日頃あまり意識しないそうしたことを、いま異常に敏感になっているので感じるのか。

山本ますみにまつわる一切を思えば思うほど、怒りがつのってくる。さっきの出来事もそれはそれでいいようのない何かではあるが、それが先端として表われでたにすぎない、山本ますみの全体というものがあり、それはもっともっといいようのないものである。もし、山本ますみが美央子を殴ったのなら、それははっきりしたことであり、山本ますみはわるいのだ。けれどもそうではない、決してわるいなどと言えないものが、山本ますみの中身をなしていて、わるくないのにわるく作用する何かがびっしり詰まっている。

わからんわ、あの人いったいどういう人なんやろ？

美央子は呟く。

山本ますみがよくわからない上に、なぜこんな気分を山本ますみが引きおこすのかもよくわからない。にもかかわらず明らかにこの気分があり、いや、この気分だけがあり、もうこれ以外の気分というものがこの世にないかのように、それにすっぽり包まれてしまっている。

いままでにも怒ったことはよくある。けれどもそれは、誰かに殴られたようなたぐいのことにたいしてだった。そして殴り返すようなたぐいのことをすれば、済んだ。何日も続くことがあっても、それはかならず済んだのだ。けれども、いま感じていることは、なぜか済まないことのように思えてくる。

何で、そうなんやろ？

と、美央子は自問する。

アパートの前の道を墓地ぞいに歩き、左に曲がると、左手は墓地の土塀、右手は別な土塀がつづき、電柱の明りのほかはまっくらである。墓地の入口は墓地管理人の家の入口でもあるので、そこに小さな電灯がともっている。ふと、例の夜中の墓地散歩云々のことを思い出し、入口の木戸を押してみる。固く閉っていて、夜は人が入れないようになっている。夜に墓地を散歩などできるはずのないのが、たまたま確認できる。あのことがきっかけではあった。けれども、あのことさえ一つの細部にすぎないような山本ますみの全体が、こちらを大きく呑みこみにくる。

右に曲がると、左手にやっと人家の明りがあり、けれども右手はずっと別な土塀が続いている。

何で、これは済まんのやろ?

と、また美央子は自問する。

自分が怒っているのではあるが、まるで自分のものではない怒りの巨きなうねりに巻きこまれているような気分である。それが、自分の奥の目に見えないところで起っていて、そう、あのいつもの黄ばんだ海がごおっと底から鳴っている。

作りぞこなったちらしずしのことが、ちらりと頭をかすめる。初子の手で作られて、岩崎家の暗い十畳敷の台所の、まだ誰もいない食卓に、清々しく並らべられていた、いや、並らべられていると想像した、あの四人分の、大盛りに皿に盛ったちらしずしに、自分もあやかりたいと思って、その同じ色どりの清々しさを、自分一人の夕食に真似ようと思って、材料を買いに出ようとした矢先に、山本ますみが闖入してきたのだ。

そや、電話しよ、そしたら、あのちらしずしの気分にもどれるかもしれん。

美央子は思いたち、公衆電話のあるバス通りまで、足を速めて歩く。誰が電話に出るだろうかについては、もうどうでもよかった。小百合でも出て、とりとめない話をするだけでいい。そう、今日は小百合の誕生日なのだから、誰が電話に出ても小百合にとりついでもらって、おめでとうを言う、そのための電話なのだ。

美央子は公衆電話のボックスに入り、ポケットの小銭を取る。目的がはっきりしたので、ためらうことなくダイヤルをまわす。発信音がいつまでもして、なかなか人が出ない。夜八時に誰もいないということは岩崎家ではないのを、美央子は知っている。

何かあったんやろか？　誰ぞ急に病気にならはったんやろか？　誰ぞ交通事故にでも会わはったんやろか？　誰やろ？

気分がこんなに湧きたっている状態のせいか、次から次へとよくないことが思われてくる。

やっと相手が出た。

「もしもし」

あ、松男さんやわ。どうしよう？　小百合ちゃんに誕生日おめでとう言うことしか考えてへんだし、何言うてええか、準備もできてへん。

「もしもし、うち、美央子」

「あ、美央子さん、こんばんわ」

そして間があいてしまう。

この間、どういう意味にとったらええのやろ？　気持の表われと思てええのやろか？

「小百合ちゃん居ゃはる？」

美央子は、誰が電話に出てもそう言おうと思っていたとおりに、言う。けれども一方、せっかくの機会を自分からそらしてしまった残念さがともなっている。

「小百合ちゃんも初子さんも兄貴も出かけやはった」

「めずらし、みんな留守？」

「三人で、晩御飯終ってから、夜桜見に行かはった」

「へえ、そう、めずらし。あ、わかった、お誕生日や」

「八重桜、いま見頃やから」

「いっしょに行かはらへんだん」

松男一人がいるのなら、いま飛んでいくこともできる、と、はずんでくる。

「ぼく、これから出かける」

「あの人らの行ったはるとこへ？」

「いや、別なとこ」

「別なとこへ夜桜見に行かはるの？」

「全然」

また間があく。けれども今度の間は冷え冷えしている、と思えた。松男は出かけようとしていて、何処へかを訊ねることは禁じられている気配がするから。

それでも、せっかくの機会の最後の一分を摑みたかった。

「映画行こ言わはったん、うち待ってるんえ」

「考えとくわ。そしたら、出かけんならんから」

と、言って、松男は電話を切った。

苦痛が体全体を裂いて走りぬける。

美央子は受話器を置いた後も、公衆電話のボックスのガラス壁にもたれていた。

ちっともことわられたわけやない、ちっともことわられたわけやない。

と、自分に言いきかせている。

現に、映画へ行こうと言いだしたのは松男のほうなのだ。そして、考えておく、と松男は言っているのだ。

にもかかわらず、この全身を駆けめぐる苦痛が、何かを告げている。

何でもないことやわ、ただ辛いだけ、声を聞いたいうだけで辛いんやわ。

自分を判断しようとするけれども、馴れていなくて、あっちこっちと考えが跳びはねる。

何処かへ行かはるいうのが辛いんやわ。前にも何度も感じたあれ。そやけど今日のは何でか特別に辛い。何処行かはるんやろ、こんな遅くから？　今日だけやろか、毎晩何処かへ行かはるんやろか？

苦痛の芯へ迫っていきそうな気がして、そこで美央子は止まる。

声をあげたかった。ガラス張りの電話ボックスの中だから、そうすることもできた。けれども、外で、夜じゅう響きわたる声をあげたい。

ガラスをとおして、バス通りをひっきりなしに走っていく車が見え、人も時折通っていく。外の動きがガラスにへだてられていて無音であるのとほとんど同じ度合に、自分の内に渦巻くもののほかは、すべてが遠く感じられた。

すこし鎮まってきた頃、やっと電話ボックスを出る。

山本ますみにまつわる一切が、ひととき中断されていたにすぎなかったらしく、どっと思い出されてき、それとこれとが同じ波動で底の底から湧きたつ。けれども、それとこれとはかならずしも一つにはならず、別なうねりを反復しながら大きく絡みあっている。

美央子は自分の中へ、うっうっと呻くふうに入りこんでいく。

山本ますみからのうねりは、摑みどころのない、黄色いくらげのようで、うねりの面がああみえると見ればこうみえ、こうみえると見ればああみえて反転し、そして松男からのうねり、というよりむしろ松男への美央子のうねりなのだろうか、そのほうは、うねりの背のところが赤むけになった魚の皮膚の感覚をしていて、痛い。

そうしたすべてを、細大洩らさず、体が感じとっている。

広い交叉点まで来、信号が赤なので、ぼんやり立つ。交叉しているのもバス通りである。もう九時近いので、どちらにも交通量がぐんと減っている。

前を通りすぎる一台のタクシーの、中にいる男が、松男かと思えて、どきっとし、けれどもあきらかに人違いで、女をともなっていて、そうこうするうちにタクシーは走り去った。

と、ふいに、強い電気の矢で眠りから目を醒まされるふうに、一つのことがきらめいて頭を通りぬける。

誰か好きな女があるんやわ、その女に今晩これから会いにいかはるんやわ、三十二の男の人が、そんなことないて考えられへんわ。

決まった女。これまでどうして思ってもみなかったのか不思議に思えるほど、疑いようのないことと考え、そして美央子は全身、凍える火になって痛みに痛んだ。

その女は、きっと年上の女やわ。

これも間違いのないことに思えた。なぜそうなのか自分でも言えなかったけれども。

3

「ファイリング・システム」の講義が済んだ。午前は「法律知識」と「英語・英会話」があり、午後は「英文タイプ」と、そして、この「ファイリング・システム」で金曜の一日は終る。美央子は、廊下へ出、同じ方向なので連れだって帰る二人を待ったが、講師のまわりに何人もが居残って談笑している中にいるらしく、出てこないので、一人で歩きだす。いつも誰かと喋りながら帰ることにしていた。料理学校へ行っている時はあまりそうではなかった。岩崎家へもどれば、喋ることに不足しなかったから。けれども一人でアパートに暮らすようになってから、こんなにも人に飢えている自分に驚いている。とはいっても飢えているものはすこしも与えられず、肩すかしばかり喰らわされている。それでもいい、それでも喋っていたい、人の呼吸に触れていたい、という気持が強くて、美央子は講義の合間も帰り道も、誰かと喋っている。

そやけど、だんだん息が詰まってくる。

と、美央子は呟く。

何のせいなのか、うまく自分に言うことができなかったけれども。

玄関の広いロビーを歩いていると、背後から来た人々に声をかけられ、見ると、他の科の人々で、一人は女生徒、もう一人は男生徒、毎日ある英文タイプの時間に合同になるので、顔見知りの人々だ。彼らの声の明るさに、ひょいと乗るふうに、美央子は並らんで歩きだす。誰でもいい誰かと喋って帰るほうへ、体が反応してしまう。

「あんた何科？　いつもいっしょやけど、さっきのタイプの時わたしの斜め前に坐わったはったわ」

女生徒は玄関のガラス扉を出ると、男生徒との話を中断して、言った。

「秘書科」

美央子は答え、とんとんと三段の石段を降りる。重い体重がはずむ。喋り仲間が思いがけず与えられて、気持がはずむから。

「わたし、ビジネス情報処理科、この人は経営学科」

女生徒は男生徒を手で示す。

「ぼく、いつか隣りやったわ」

男生徒はのっぺりした笑顔をむける。大きな面長な硬い顔で、目がすこし吊りあがっている。

「あ、おぼえてる、おぼえてる」

美央子は、いつか自分がミスして声をたてた時に、横にいて、ちらりとこちらを見たのが、この人だったと思い出す。

「秘書科でて、どんなとこへ就職しゃはるつもり?」

女生徒は、さっきから男生徒と、将来について話し合っていたその線へ、美央子を引き入れようとする。

「知らん、何にも知らん」

美央子は笑いながら首を横に振る。

「ぼくは先々まで見てるよ、何年も先まで」

男生徒は、美央子の言い方を受けて、女生徒に目をむけて言う。

「そら、わたしかて、銀行一本にしぼってて、そのための全力投球してるとこやけど。ビジネス情報処理科でOA機器びっちり身につけたら、一流銀行は間違いないもん」

女生徒は、額に垂らした髪を、ドライアーで外へ巻きかえすふうにカールさせた髪型をしていて、目がきらきら仕合わせそうである。

「へえ、先々まで見たはるの、自分が先々何してるか、何になってるかを」

美央子は男生徒に言う。

「もちろん」

強く、男生徒は言う。その強さで、のっぺりした顔の皮膚が、いっそうぴいんと張る。

「あんたも？」

美央子は女生徒に顔をむける。

「OA機器身につけて、その銀行にとって重要な存在になりたいし、なれる思てるけど」

女生徒はまっすぐな視線をむける。

「重要な存在」

美央子はその言葉だけを反復する。よくわからない言葉だったから。

「資格は武器やから。たくさん武器もって、それをフルに発揮したら、何ができるか、一流企業でどういう位置を占めるか、それこそコンピューターにかけたみたいに、よう見えてるわ」

男生徒は、美央子を無視して、女生徒に言う。

明るすぎる夢の只中へ連れこまれたようで、そこは合成建材の部屋であり何百ワットもの蛍光灯がかがやき、その明るさに、息が詰まる。

「ええねえ、あんたたち」

それでも美央子は、そう言う。息など詰まらずに、彼らみたいになれればいいと思うから。

そして自分だけが、この明るすぎる夢の人工的な天空を、斜めに斜めにと、何処かへ転落していく、と感じる。

資格が武器？　うちには、あの湧きたつ海へ落ちていかんための、枠みたいなもんやいうのに、それを武器にして、この人ら、なんや偉《えろ》うなろ思たはるんやわ。

彼らにくらべれば、何かがうまくいかない山本ますみが懐かしくさえ感じられる。

美央子は門を出たところで振り返り、ビジネス学校の建物全体に目をやった。三階建で、階と階の間の部分やそれを縦断している何本もの太い柱の部分が、白い合成石で出来、他は全面ガラス張りである。五月半ばの陽光に照らされていっそう明るい白い塊をなしている。彼らの言っていることがすこしも不自然でないふうに、この建物全体が大きな夢を放射している、と感じられる。いつもいくらか感じていることではあったけれども、そのことが、どっと強く迫る。

この人らがまともなんやわ。うちのほうが、どっか狂《くる》てるんや。

そんな気がし、けれども、そうではないとも思え、くるくると大渦に巻かれるように混乱する。

料理学校ではあまりこうしたことを考えなかった。料理をめぐっての、のんびりした趣味的なお喋りが大半で、生徒のうちには田舎出身のままといった人もかなりあった。けれどもビジネス学校では、都会人でない人々もすっかり都会人になりきり、そして、みんながいっせいに同じ向きへむけて走っている感じなのである。

料理学校にいたほうがよかった。何で変わってしもたんやろ。と、美央子はいっそう混乱してき、帰りに初子に会いにいこう、と決める。

「あ、そうそう、あんたが貸してほしい言うてた本、持ってきたんや」

男生徒が、ショルダー・バッグから三冊のペーパー・バックスを取りだし、女生徒に手渡している。

「わたし、一ヵ月に何冊読破できるかチャレンジしてるの」

女生徒はきらきら笑い、そのハウ・ツーものらしいタイトルの三冊を受けとると、歩いて帰るらしく、バス通りを横ぎって去っていった。

「あんた、スポーツやってるの？」

男生徒は二人きりになると、美央子にぐいと近寄って言った。

「ううん何にも。何かするほうがええんやろね、気が晴れるもんね」

「バスケットでもしてるんかと、ぼく思てた。大きいし、肉づきええから」

男生徒は妙に笑う。

誘いのように感じて、美央子はその笑いに応じないでいる。それどころではない、他の男などにかかわっている余地は、もうまったくなくなっている。四月の二十日頃だったか、八重桜の満開の時だったから、夜桜を見に初子と常男と小百合が出かけたと、電話で松男の言った後、一人で歩いていて、ふいに襲ってきた疑惑、というより事実に間違いないと思われること、それがあれ以来ずっと、これで一ヵ月ほど自分を苛んでいるのだ。松男には好き合っている女がある、あるにちがいない、ないはずはない。

「あ、わたし、電話かけんならん、先行ってて」

美央子は公衆電話のボックスの前で、言う。

岩崎家へは、あれ以来行かず電話もかけないでいるけれども、初子にどうしても会いたい。いまなら、松男は仕事についている時間だから、顔を合わさずにすますことができるだろう。

「ぼく待ってるよ、もっと話したいから」

「長《なご》うかかるし、先行ってて。さいなら」

美央子はきつい声で、言う。

公衆電話のボックスに入り、すぐダイヤルをまわす。男生徒がなおも立っていて、こちらをじいっと見ている。電話の発信音が続いているが、広い岩崎家では誰かが出るまでかなりかかる場合のあるのを、美央子は知っている。男生徒はゆっくり歩きだす。バス停は二十メートルほど先である。

やっと通じた。

「もしもし」

初子の声である。

「お姉さん、うち、ほっとした」

思わず美央子は言う。

「どうしゃはったん？　顔も見せんと、声も長いこと聞かへんわ」

「いまから行ってもええ？」

「いつでもええ言うてるのに」

「そやけどお姉さんいつでもばたばたしたはるし」

「今日うちの主人出かけやはるから、ちょうどええわ、今晩から二泊がけでお得意先のお人ら連れて、温泉行かはるから。よかったら、うちで、美央子さん泊ったら」

「要らん、要らん」

強く、美央子は言う。何はともあれ松男を避けたい。

「お好きなように。そしたら待ってるよ」

「うち、お姉さんと話がしたいの。お姉さんとだけ」

「わかってる、わかってる」

「何でわかったはるの、何も言うてへんのに？」

「わ・か・っ・て・る」

初子の一音一音が、抛物線を描いてこちらにゆるやかに飛んでくる。

電話を切り、その、わかってる、ということの表わす何かにすっぽり包まれた気分に、美央子はなる。初子に、というより、初子を大きく上まわるようなものに、包まれ、やはり電話をしてよかったと思い思い歩きだす。なぜともなく大雪の日のことが脳裡をかすめ、その光景には松男はいずに初子だけがいる。家も道も電線も空も、すべてがまっしろな、あの二月末の日曜の午前、黒いオーヴァを着た初子が何処かから帰ってきて、道で出会い、仕合わせの予感のようなものが初子をとおして強く波状に来た。

バス停に近づいていくと、さっきの男生徒がこちらを見て立っている。

「いや、何したはるの?」

と言ってしまってから、自分を待っているのだと、美央子は気づく。

男生徒は返事をせず、ちょうどバスが来たので、先に乗るよう美央子の背を押す。タラップに足をかけた時、その手が肉をさぐるふうに力を加えたので、美央子はいそいで上る。と、その手のせいか、初子をめぐる気分は消え、松男への疑惑がいつものように頭をもたげる。好き合っている女がある、あるにちがいない、ないはずはない。

「あんた、グリコ事件どう思う?」

男生徒が、バスの吊皮をもって美央子の体すれすれに立っていて、言う。

「どう思うて？　どうも思わへんわ」

美央子は、ずっと新聞をさわがせていることについて、或る時から経過をたどりそこなったので、最近はその記事を読んでいない。

「興味ない言うこと？」

「そう言うてもええけど」

と、話しながらも、あの疑惑が生きもののように膨らんでくる。巨きななめくじみたいで、どんどん巨きくなっていき、あちこちと肢体をくねらせている。

「ぼく、それ扱うてる雑誌全部、漁り読んでる」

「へえ、何がおもしろい？」

「おもしろいからおもしろい」

「わたしはどうでもええわ」

そもそも、と、先日気づいたことがまたしても繰り返し思われてくる。

そもそも、あの石《ぎょく》くりゃはったこと、あんなよろこんでたけど、好き合うた女には、石のままやなしにイヤリングに作って贈らはるんと違うやろか？

「どんな事件やったら、おもしろい？」

男生徒は共通の話題をつかもうと躍起になっているふうである。

「そやなあ」

と、考える。考えようとすると松男のことがますます出てくる。

「何?」

男生徒は体全体でこちらに向っている。

「殺人」

ふと、そう言う。

「そら、ぼくかて殺人おもしろいわ」

「おもしろいとかいう感じと違うけど、わたしは」

「どんな感じ?」

「どんな、て、ちゃんと言えへんわ」

「まあ言うてみて。あんたの思うこと、ぼく知りたいから」

「そやなあ、どう言うたらええのやろ、何や知らんけど、わかる感じ」

「殺人が?」

「殺人がて言うてええのかどうか」

「わかる、て?」

「わかるような、わからんような、そやけど、わかるような」

「へえ、どんなふうに？」

「その人が、うちの中に住んでるみたい」

「けったいなこと言わはるな、あんた」

「うちの中いうても、どっか中の、奥の奥のほう」

「その人て、殺人者のこと？」

「そんなふうな人やけど」

「もっとはっきり言うてみてくれよ」

ふと、美央子は一瞬の悪夢から醒めた気分になり、言う。

「何で、こんな話になったんやろ、こんなこと考えてもいいひんだのに」

「グリコ事件のこと、ぼくが言いだしたからや」

美央子は黙りこむ。気分がよくなかった。あの湧きたち湧きたつ黄ばんだ海に、ぬうっと片手をいれて、何かを摑んでしまったかのような、そして、その軟体動物の感触にびっくりして、あわてて手を離してしまったかのような、そんな状態でいる。

「あしたの土曜、空いてる？」

男生徒は話題を変える。

「空いてるけど、空けたるの」

美央子は松男のために、映画云々の誘い以来ずっと、毎土曜と毎日曜とを空けてきたのを思う。

「映画いっしょに行けるか思て」

自分の先々のことはすべて見えていると言った男生徒は、誘いについてはすこし弱腰な口調になる。

「映画行きとうない」

映画ということで苦痛がつっ走り、叫ぶように言ってしまう。あの待ちに待っている映画以外の映画は行きたくない。

その女は年上の女やわ。何でも細かいことまで気がついて、磨きがかかってて、すっきりきれいな女。

先日来、払っても払ってもそんな女が美央子に棲みついてしまっていて、見えないスクリーンに大映しになっている。

「何が、好き?」

男生徒はしつこく共通点を探している。

「わたし、何が好きなんやろ?」

辛くて、まともに返事もできなくなり、内で呻いている。

降りるバス停に来、ほっとして、男生徒との話の片をつけないまま、飛び降りる。

と、初子に会えるうれしさが透きとおる波のように真向から押し寄せてくる。もう松男などいなくていい。さっき思い出された雪の日の光景には、初子しかいなかったくらいだから。まっしろな道を、初子が、あの日曜の朝、あの黒いオーヴァを着て、何処かから帰ってき、美央子は、自分の横を歩いている松男のことを忘れてしまい、初子にむかって足早に近づいていったのだ。実際そのとおりだったかどうか記憶にないが、そんな場面が浮かびあがる。と、あの濃く湧きたつ黄ばんだ海がしいんと鎮まりかえり、いや、もうなくなってしまっていて、それのあったところが一面の雪景色になっている。

何で、こんなこと思うんやろ、急に？

と、美央子は岩崎家への道をたどりながら呟く。

そういえば、そんな夢を時折みたような気もしてくる。

夢を思い出してるんやろか？

と、考え考え歩いていく。

自分が安泰になり、この気分のまま、すぐそこまで行けば初子に会える。正月十五日に一人の住居に移って以来、直面するようになったものについて、初子と話したいと何度思ったかしれないのに、機会がそれてしまい、先日、電話で、やっと端緒に着いたというのに、それからあの疑惑に巻きこまれてしまっていて、やっと、そこ、すぐそこに、出口が待っているという気がする。

そやけど、何でこんなこと思うんやろ?

岩崎家の二階建の前面が見えてくる。機織の音のする界隈と同じく、ここでも中二階をくっつけただけの家が多くて、はっきり二階という階をもつのは裕福な家なのだ。岩崎家の一階前面は、黒褐色の木の格子、二階は鉄格子のある磨ガラスの窓になっていて、いつも家々を見て思うように、格子の前面といい、窓の磨ガラスといい、おまけにそれを覆っている鉄格子といい、なにか大層な防衛を思ってしまう。今日は、その前面に、店用の小型商用車のほかに、よく磨かれた車が駐車していて、誰か客が来ているようである。そうだ、さっきの電話では、常男が得意先の人々を連れて夕方から温泉へ出かけるとのことなので、その人々が来ているのだろう。

けれども、玄関に近づくと、意外にも女たちの粘った笑い声がする。のれんを開いて、入ると、頭の天辺から足の先まできれいに化粧したといわんばかりの、洋服姿の二人の女が、土間にいて、一段高い店の敷居ぎわに常男が立ち、三人がはでな声をたてているのであった。いつもここへ入る時の匂いに、きつい香水の匂いが混じっていて、ひどく異和なものが同居していると感じられ、住居との間の引戸はあけっ放しになっているので、入ると、台所の土間のまん中に、初子が立ち、そのすぐ後ろにグレイのジャンパーを着た松男が立ち、二人ともこちらを見つめているのに、美央子は出会う。

「何、あれ?」

と、美央子は初子に言う。

初子はそれには答えず、言った。

「これから出かけやはるんや」

どうやら、初子と松男は、そこに立って、常男が出かけるのを待機しているらしい。それにしても玄関まで出ていって見送ればいいのに、と思われ、なにか普通でないものも感じられる。ぼそぼそ声がするので、そのほうを見ると、台所の上り口に老女が腰かけていて、くろずんだ建具と同じほどにくろずんでいるので、最初目にとまらなかったのだ。

「いまどきの玄人さんは、何処のお嬢さんかわからんふうに洋服着こなさはりますわ。玄人さんか素人さんか、一目にはわからん時代になりましたわな。お商売の外ではお嬢さんふうにみせるのが、いい、いきなんでっしゃろ。そやけど、あの声ですぐわかりますわな、蓮葉な声て昔から言うあの声」

老女を、美央子は、岩崎家に住んでいた時に一度見かけたのを思い出す。祭りの日で大勢客があったので、話す機会はなかったけれども。

「何で、ここに立ったはるの？」

美央子は、さっきから感じている普通でないものについて、釈然としたくて訊ねる。

「出かけやはるんやて、いま言うたやろ」

ちょっときつく、初子は言った。

その後ろに、なにか寄り添うふうに立っている松男を、美央子は見る。松男は宙に目をやっていて、挨拶を言わず、こちらを見もしなかった。

「いっしょに行くお得意先、待ったはるの？」

何かまだわからず、美央子は訊ねた。

「あの女らが、お得意先や」

と、きっぱり初子は言った。

「三人で行かはるの？」

美央子は言い、初子が苦しんでいるだろうと気づく。

「そうや」

初子は言い、そして言いなおした。

「そうらしい」

何となくわかってきたようで、美央子は納得する。男の客たちといっしょだと思いこんでいた初子や松男が、そうでないことをこの遠慮のない闖入者たちで知った、ということなのだろうか。

「そしたら、行ってくるわ」

玄関の土間へ店から降りた常男が、台所の土間へ入ってきて、言った。茶色の革の旅行カバンをさげていて、そのつやつやした色合いが、血色のいい顔色とよく似合っている。

「ほな、お相伴さしていただきます」

「おおきに、お招きいただいて」

女たちがその後ろから顔をだし、さっきからと同じ質の声できらきらと言った。

「お得意さん先に行ったはるから」

と、妙に固い顔になって、常男が言った。

彼らが玄関のほうへ消えるや否や、老女が独りごとのように言う。

「ほんまでっしゃろか」

美央子は初子を見る。そして、寄り添うふうに後ろに立っている松男を見る。

しばらくして、道のほうで車の発車する音がする。初子も松男も玄関まで見送りに出ないのは、やはり、常男が女たちと出かける驚きのためにちがいない。

お姉さん苦しんだはるわ。

と思い、初子に近寄れないでいる。

そっと、そちらを見る。と、苦しんでいるなどと思えない、深みに落ちたように静かな初子の顔が、そこにある。そして、よく似た静かさで、松男の顔がすぐ後ろで初子の顔と対をなしている。瓜ざね顔の形までよく似ている。

あ。

と、美央子は叫ぶ。体じゅうで叫んだ気がする。

この二人、好き合うたはるんや。

初子は苦しんでいないわけはないだろうが、それが問題にならぬほどのものを所有していて、松男はあんな見せつけがましい常男を見くだす気分があるのだろうが、それが問題にならぬほどのものを初子と分け合っている。そう美央子には思え、二人が静かに立っている姿には、そう思えば思うほど、そう思えるものがある。

ちらと、初子への懐かしさが掠めて通る。

うちの思い違いや、そんなはずないわ。

と、美央子は打ち消し、初子に近づこうとする。

「お姉さん」

親しい動きを、ぞっと凍らせるような黒い波が、足をさらう気がした。

この二人、好き合うたはるんや。

黒い波とは憎悪のようだった。松男を奪っている女を決して許すことができない、と強く思った。自分ではない自分が思っている気がした。

憎悪と羨望とが混じりあっていた。

その女は年上の女やわ。何でも細かいことまで気がついて、磨きがかかってて、すっきりきれいな女。

何日も何日も、見えないスクリーンに大映しになっていた女が、ぴたり初子と重なる。気の狂うことがこのことかと思われるほど、離れていて無縁であった二つが、同じになる。

そやない、そやない。

と、同時に叫んでいる。

自分ではない自分が、けれども、どんどん事を押しすすめていく。

この二人、好き合うたはるんや。

「美央子さん」

と、初子が一歩こちらへ来る。

微笑している。美央子はなぜかまぶしい。

「美央子さん」

松男が言う。松男も微笑している。

なぜ、あんな出来事の後で二人とも微笑しているのか。二人で仕合わせだからではないのか。常男が出ていったので二晩は二人きりだからではないのか。

目の前がとろりとまぶしくて、美央子は彼らの表情をうまく摑みとることができず、微笑と思ったものが、自分の異様な高まりの放射であるような、視覚の乱れのうちにいる。

そして、憎悪と羨望だけが確かなものとして居すわっている。背筋のあたりからぞっと凍ってきていて、冷凍感が体じゅうに行きわたっていく。

このたった五、六分のうちに、自分がすっかり別人になったように思う。なにか黒く強いものが襲ってきて、それまで流れていた血液を、ごっそり別な血液といれかえてしまったかのような、自分の内を、美央子はじいっと感じている。

「さあさあ、これで二晩籔入りさしてもらお」

初子はあっけらかんと言い、

「そうおしやす、そうおしやす、初子さん働きすぎどっさかいに。こんな大きなお家に、お手伝いの人も来てもらわんと、お一人で全部やったはるんやから」

老女がにこにこと相槌を打ち、

「初子さん、晩御飯何にしよ？　ぼく作るの手伝うわ」

松男がいそいそと流しのほうへ体を動かし、

「ええわ、うち作るし、松男さんのんびりしてて」

初子が松男にむけて笑い、

「手伝わしてくれよ」

松男が年少の駄々っ子のように言い、

「小百合ちゃんも留守やから、今晩は珍らしゅうひっそりどすな」

老女がさっきからと同じうずくまるような姿で言い、

「小百合ちゃん何処行かはったん？」

思わず、美央子は訊ね、

「正岡さんとこ、お友達とこ」

初子は、何かがすでに煮こんであるらしい鍋をガス台の上に置きながら言い、

「泊りがけで？」

ぎくりとして美央子は訊ね、

「あっち三人姉妹《きようだい》でにぎやかや言うて、ここの家おもしろない言うて」

初子はガス栓をひねって火をつけ、

「明日学校あるのに？」

美央子は、今夜この家に初子と松男が二人きりだということの理由を、いや理由の周辺を必死になって探っていて、

「明日学校祭やし、正岡さんとこから行く言うて」

初子は温めている鍋から離れて冷蔵庫に近づき、

「そしたら、初子さんと松男さんだけ？」

美央子は、老女にむけて、この人が今晩ここに泊るのであってくれればと念じて訊ね、

「わたしはもう帰りますがな」

老女はじっとりした声で言い、

「お光《みつ》さん、そんなこと言わんと晩御飯食べて帰って」

初子は冷蔵庫からへぎにはいった刺身を取りだして言い、

「これ、そこの大皿に」

と、松男に手渡し、

「初子さん、どの皿？」

松男は、流しの横の備えつけの、長年の煤でくろずんでしまった食器戸棚の引戸をあけて、いきいきした手つきで、たくさん重ねられている皿類をさし示し、

「いいえ、わたしは帰りまっさかいに」

老女はそう言いながらも体を動かさず、

「お姉さん、うち泊めてもらうわ」

突嗟に、美央子は言い、

「電話でそう言うたのに、美央子さん要らん要らん言わはって」

初子はあいまいに笑い、

「泊めてもらうことに決めた、お姉さん、かまへん?」

美央子は、初子と松男の二人きりの時間を思うことに耐えられず、お姉さんと呼んだその呼びかけに、もう冷え冷えした内容しかないのを感じ、

「美央子さんの部屋やったあの部屋で寝て。貸してたおふとんも押入れにはいってるし、何でも揃てるし」

初子は漬けもの桶に近づきながら振り返って言い、それから、

「あ、御飯にスイッチいれるの忘れてた」

と、目をまるくして大きな声になり、流しのわきの電気炊飯器に跳びつき、

「もう食べられるつもりやったのに、あと五十分かかります」

と、陽気に宣言するふうに言い、

「初子さんて、決してミスせん人やのに、兄貴が居んからせいせいして気がゆるんだな」

松男は、盛りつけている最中の刺身の大皿からこちらへ首をむけて、めずらしく冗談ふうに言い、

「わたしは帰りますわ」

老女はやっと腰をあげ、

「お光さん、食べて帰って言うてるのに」

初子は押しとどめる仕種をし、

「そやけど、帰らんならんし」

老女はくろずんだ顔のなかの二つの目玉を、石のように無表情にし、

「帰るのはいつでも帰れますがな」

初子は強く言い、

「ほな、御飯炊けるまで五十分、柱でも磨かしてもらいますわ、お絹さんが使たはった糠袋ありまっしゃろ」

老女は、腰をゆっくり伸ばすふうにして立ち上ると、意外にも小さくて、

「したかったらどうぞしとくりやす。お義母《かあ》さん亡くならはってから誰も糠袋で磨かんから」

初子は、小さい老女にくらべるとすんなり高くみえ、

「わたし、この前寄せてもろた時も、一人で磨きましたんどっせ、お祭りの日どしたわ」

「そんなら、糠袋あるとこ知ったはりますな」

「お絹さん毎日磨いたはったのに、せめて、わたしが来た時でもさしてもらいますわ」

「おおきに、おおきに。御飯炊けたら呼びまっさかいに。鯛と鰹のお刺身と、わかめと竹の子の汁ものと、それだけどすけど」

と、初子と老女のやりとりが続いていく間、美央子は氷の塊のようにつっ立っている。ちらちらと松男のほうを見るが、松男は初子と老女のほうへ微笑をむけている。むしろ、常男のいなくなった家の、のびのびした空気のなかで、初子の体から放散される闊達な自由な、女のエキスのようなものを、自分の体いっぱい受けている、とみえる。一月末だったか、帰ってきた松男と再会して以来、自分の何処かに苦痛がつき添ってきたが、この一ヵ月ほどいっそう苦痛の比率が何倍にもなってき、きりきり痛んでいたけれども、どこか正体のはっきりせぬものであったのにたいして、いま、どんなにがんばっても勝てぬ相手に松男を奪われている、その事実そのものを、正視できぬのに正視している。いや、むしろ、今晩ここに泊って正視し続けようとしている。

「美央子さん」

松男が話しかけている。

「へ？　うち？」

美央子は松男が自分に話しかけるなど考えられない。

「明日映画行こか、ずっと前から言うてる映画。今晩うちに泊らはるんやったら。店も兄貴が居んから特別休暇やし」

「へ？　うち？」

と、美央子は繰り返す。あれほど待っていたことではあるのに、これがいっそう苦痛になっていく。

「あんたさん、美央子さん言わはるの？　手伝うてくりゃはります？　糠袋の置いたる棚高《たこ》うて、わたしの背丈こんなんで、届かしませんし」

老女が横へ来て言っている。

「手伝うたげて、美央子さん、手伝うたげて」

初子が命令するふうに言う。

美央子は、老女に引っぱられるふうに、台所へ上り、老女が廊下への引戸をあける後にしたがい、ふと、台所の土間を振り返り、調理台のところで刺身を盛りつけている松男と、そばに立ってそれに指さしながら何かを言っている初子とを見、この場を離れるのを全身が拒んでいるのを感じ、けれども廊下へ出た老女が、その暗がりから呼んでいるので、やむなく台所を後にする。

「そら、その棚どす」

老女は、男便所と女便所の並らんでいる、その隣りの納戸をあけ、そこは掃除道具の置き場なのだが、上の棚を示す。

紙箱があり、それを美央子が取ると、使い古した糠袋が三つはいっている。

「あんたさんも磨いとくりゃす」

老女は一つを美央子に手渡し、自分はもう一つを取る。

棚からそれを取って台所へもどればいいのだと思っていた美央子は、いいようのない重い役割を押しつけられた気分になり、ずっと台所が気になっていて、けれども老女とともに歩きだす。まっすぐ行くと初子たちの住む別棟であるが、右に折れる廊下はすこし狭くなっていて、それが、美央子の部屋であったところ、常男松男兄弟の母の長年の居間であったところの、前になる。

「この柱どす、もみじの木どしてな」

老女は、その部屋の障子戸をあけ、中に入って、床柱を示す。

そう言われれば、それだけが他の白木の柱と違った光沢をしている。ここに十ヵ月寝起きしていて、あまり注意することはなかったけれども。

「あんたさんは、床の間、磨いとくりゃす、欅の一枚板どっさかい」

老女の言うことから逃れようもなくて、美央子は一本の長い長い針で突き刺されているような全身の痛みとともに、床の間の前にうずくまる。そして、糠の油が内からじっとり布に滲んでいる袋で、言われたとおりに板の面を撫でる。そこは自分が十ヵ月いたところとはまったく別なところのように感じられる。初子と松男をめぐってすっかり動転してしまっているからだが、また、この部屋が自分の全然気づかなかった細部を秘めていて、そこに別な歴史が染みついているらしいと、知らされたから。

老女は柱を磨きながらもぐもぐ言いはじめる。

「わたしは、お絹さんがお若かった頃、この家に奉公しておりましてな、この家から嫁入りさしてもろて、何から何までしてもろて。それからも何かの時には手伝いに来させてもろてます、御恩になりましたから。あんたさんがこちらさんに下宿してお出ででした時ちょいちょいお見かけしましたわ。お絹さんと違て初子さん何でもお出来やすから、あんまりわたしでないと出来んことのうなってしもて。初子さんのお出来にならん、これ、柱を糠袋で磨くことくらいしか、この家に恩返しすることできんようになってしもて、これだけさしてもろてます。初子さんは、しっかりした、ええ人どす。ほんまにええ人どす。ちょっと変わったはりますけどな。他のお人と違たはります。頭のええお人どすのに、どういうんでっしゃろか、あんまりそやないふうに振舞《ふるも》うたはります。頭がよすぎて、十八の頃、ちょっとおかしなふうにならはったいうことどす、いまで言うノイローゼいうことどっしゃろか。男がなかなか行けんような大学でも楽に行けるほどやったのに、急に受験勉強やめてしもて。それからすっかり違うお人になってしまはった。頭よすぎると、何やかや全部見えてしもて、おかしなふうになってしまうんでっしゃろ。そやけど、おかしなふうなんが治って、けろり違うお人になって、働かんでもええ結構なお家やのに働きに出て、見たとこはごくごく普通のお人になってしまはって。その頃、ここの常男さんが何処ぞで見染めて、どうしてもこの女やないとあかん言うて、それはそれはきつう惚れこんで嫁に貰わはったんどっせ。そやけど初子さんのほうは、あんまりそやないようなとこがありまして、どうでもええような感じどした。ずっと、いまでも、そんなとこありますわ。さっきの芸妓さんらのこと、常男さんとしては、ああでもして初子さんの気を引いたはりますんやろ。いまだにきつう惚れこんだはります。そやけど初子さんのほうはそやのうて、どうでもええような、何処《どっか》に気が行ってるような。そうは言うても、常男さんのためによう働いたはります、お手伝いの人も来てもらわんと自分の手で何でも常男さんのためにしたはります。そやけど、何処に気が行ってるような。ほんまに変わった女子《おなご》さんどす」

老女が初子について言うすべてが美央子の体を貫いていくと同時に、美央子は、糠袋を動かしながら耳を台所のほうへそばだてている。

何の音もせえへんわ。あの二人、何したはるんやろ？

もう晩御飯の準備はほとんど出来てしまって、電気炊飯器の蓋のことことという音だけのしている台所の土間の静かさを、美央子は想像で聴いている。

何もすることないのに、二人であそこに立ったはるんやろか？

出入りの人もなくなった夕方の薄闇に、ぽつんと一つ、いつでも昼間から灯されている電球が梁から長いコードで垂れさがっていて、そこに初子と松男だけのいる眺めの想像に、美央子は、耐えることのできる限りのところで耐えていて、今晩この家のいたるところで起るかもしれないことの耐えがたさを、思う。

初子についての老女の話が、初子をいっそう謎めいた女に仕立てあげてしまい、その女は、自分があれほど親しんできた初子ではない、決して勝つことのできぬ女の面貌《かお》をますます強めていく。

うちの思い違いや、そんなはずないわ。

またしても、ひとすじの明るい光のような思いが通りすぎる。

けれども別な思いのほうが、どんどん悪い細胞のように増殖していく。

あの大雪の日の午前の道を歩いて、むこうから来る初子と出会うという、茫漠と仕合わせな視野のうちに、ここまで来たというのに、いま、闇しかない。

4

あれから半月ほど経つ。美央子は、岩崎家に行かず電話もしないまま、辛さがいっそうつのっていき、あの日のことがたえず目の前に現われるので、いつも岩崎家にいて初子や松男と生きているかのように繰り返し繰り返しあの日を生きている。

とはいっても何かがあったわけではない。考えてみれば何もなかった。

にもかかわらず、いいようもなくすべてが変わってしまった。その瞬間を、美央子ははっきりそれと言うことさえできる。何十回も思い出し反芻しつづけたのだから。それは、薄暗い台所の土間に、すらりとした初子と、さらに首の分だけ高い松男とが、寄り添うように立っていて、常男と闖入者たちの引きおこす華美な騒ぎに、二人とも静まりきった顔をむけ、まるで同じ肺で呼吸しているような一心同体なものを、美央子が見た、あの瞬間である。あ、と、体全体で叫ぶように驚いて、その発見のために身が裂けた。身か、何なのかわからなかったけれども。自分をかたちづくっていたものが裂け、黒い波がどっと足もとをすくいにきた。その波は、いつもの海のそれであるらしかった。けれども、立ちあがる波がてらてら黒くて、足を速くさらい、自分を強く押す。自分が、自分ではないものに、身を明け渡していく。どんどん別人になっていって、もう元にもどりようがない。

それにしても、あの大雪の日の午前の道を歩いていくふうにして、初子と何かを、そうそう、自分について大事なことを話し合うつもりでやって来たというのに、その透きとおる波動が、ぷつりと途絶えてしまったのは、考えても考えても不思議であり、けれども、それをもう残念とさえ思わぬ自分がここにいる。

どうでもええわ、ただ辛うて辛うて、そのほかのことはどうでもええ。

美央子は呟く。呟くのさえ辛い。

あの海そのものに溶けていってしまえばいい、自分という固形物がなくなればいい。

そう思い、ぼおっと生きている。あれ以来ビジネス学校で習うことは何も頭にはいらず、とはいっても学校へ行かずに一人で部屋にいようものなら、思いに直面するだけなので、ぼおっとなったまま学校へはきちんと出ている。

そんな自分を逆撫でするふうに付きまとってくる者がある。山本ますみである。そのことの耐えがたさは、けれども、あのことの耐えがたさにくらべれば大したことではない。とはいっても、こちらのほうは泥沼を摑みつづけるようなわずらわしさである。

あの日の翌日、松男と映画に行った。松男は背広のシルバー・グレイがよく似合っていた。あれほど待ちに待った映画を、あんな発見の翌日に見る羽目になり、松男といてももう胸の高まる気分などまったくないばかりか、二人の間に目に見えぬ初子がいて、二人の流れが冷え冷えと切れてしまい、そんな初子への憎悪と羨望だけが居すわっているのであった。初子は見たこともない女にすっかりなってしまっていた。『愛と追憶の日々』という映画のタイトルがいっそう辛くて、主演女優のシャーリー・マックレーンの顔が、似ても似つかぬ初子の顔と重なる。

その日も何かがあったわけではない。前の日と同じく、考えてみれば何もなかった。山本ますみとばったり出会ったことをのぞいては。

美央子と松男が並らんで映画館を出てきた時、その前の通りに山本ますみが立っていた。そこは、かならずしも映画を見るためばかりでなく、人がよく待合わせ場所としているところであり、またタクシー乗場やバス乗場ともなっていた。通りに立っている山本ますみは、何かを待っているらしい面持であった。バスから降りる誰かを待っていたのかもしれない。現にその方向にむいて映画館の出入口には背をむけていた。ところが、まるで後ろに目があるような素早さで、出てきたほうへさあっと首をまわした。そして美央子が合図する間もなく、すぐに横の松男へと視線を移した。美央子と松男は山本ますみの真前を通っていくことになった。その間、美央子は山本ますみに合図しようと目をむけていたが、山本ますみの目はずっと松男にむけられっ放しだったので、美央子は山本ますみと出会っていながらまるで出会っていないようなことになった。その後、振り返らなかったので、山本ますみがどうしたか知らない。振り返ったりするどころではなかった。前夜、浅い眠りのうちに転々と寝返りを打って、ちょっと目を醒ますたびに、あのことを思い出し、あのことと言っても、いいようもないもので、自分と松男との間に見知らぬ女が立ちはだかって、いのちを喰らいつくし、そのために自分が身の肉をそがれて凍った海に転落していくような、そんな感じなのであるが、そのためすっかり疲れきっていた上に、映画館でもそれが繰り返された後だったので、そのほかのことはほとんど眼中になかった。松男は、すこし散歩して外で夕食をとろうと言ったが、美央子はことわった。こんな誘いをことわる自分に、いくらか驚いていたが、とにかく一刻も早く一人になりたかった。

一人になって街を歩きだすと、すこし楽になった。寒くも暑くもない陽気の、涼しい風が、都心にも吹いていて、この風に吹かれてアパートまで歩いて帰ろうという気になり、何も思い出すことのない外向けの状態に自分を置いて、どんどん歩いていった。初子のことも松男のことも、そしてビジネス学校で資格をとることも、全部自分から抜け落ちて、地球の裏側まで歩いていきたい、いや、歩いていけそうな気分になり、そうして歩いていった。浅い眠りと映画館とがよく似ているようで、いちばんよくない状況だと思われ、一人でアパートにいるのも、次によくないと思われ、こうして体を動かしているのがよさそうであった。

翌日の午前、日曜なので、洗濯場にいると、山本ますみが洗濯物をかかえて入ってきた。他にも二人の女と一人の男がいたので、美央子は自分のものが回わっている洗濯機のわきに立ったまま、山本ますみとの間に距離があるままにしていた。山本ますみのほうでも近づいてこなかった。それどころか、前日の映画館の前でと同じく、妙に目を合わそうとしない気配がある。そのまま何分か過ぎる。

今日は洗濯物よう乾くね。

美央子は、さっきから女たちが言い合っているそのことを、他に言うことがないまま山本ますみにむけて言った。

いや、藤原さんそこに居ゃはったん?

けろりとした顔を山本ますみはこちらにむけて、言った。

お勤めどう?

美央子は、何でもいい人と話しているほうが思いに落ちない気がするので、言った。

オフィス・ワークの勉強したおかげで、ええポストもろて、上々《じょうじょう》やわ。

山本ますみはどこか浮かぬ顔で、顔と正反対の言葉を口にした。

すぐに辛くなる。

夜学で、まだ何の資格とらはるの？

美央子は、人と話していたいと思って話しはじめたのだったが、すぐに辛くなる。

彼といっしょなんよ。

山本ますみは、ちょっと考えこむふうにしてから、そう言い、言ってしまってから、つけ足すふうに頬笑んだ。

彼て？

唐突だったので、美央子は訊ね返す。

いやあ、忘れやはったん？　よう説明したのに、写真も見せたのに。

嬌声に近い声になり、山本ますみは言う。

美央子は黙った。人と話したくないばかりか、その方面の話題は特にちくちくとする。

彼が、資格とる言うて出たはるから、わたしも出てるだけ。逢い引きやわ、毎晩。

そう、何の資格とらはるの？

わたしはもうたくさんとって、ええポストについてるけど。あ、ついでに念押しとくわ、わたしが夜学行ってるのは、彼のためやから。勤め先ようないからもっと資格とって別な勤め先を、て、いうのと違うから。はっきりしとかんと、人がいろいろ言わはるからな。

山本ますみの言うことは、いつものとおりあちこちに蜘蛛の巣を張りめぐらしながらであり、島田八重のことがまたしても絡んでいる。

ええポストで、よかったね、山本さん。

美央子は話を終りにしようとして、そう言い、さっきからスイッチの止まったままになっている洗濯物を、脱水機のほうへ移す。そして、そのスイッチをいれると、故障前なのか油が切れているのか、ざらついた大きな音をたてて回わりだす。

昨日も、逢い引きで、毎日毎日。

山本ますみは、その雑音のせいで声をはりあげる。

美央子は、昨日も逢い引きでという言葉が、自分のうちに跳びあがるほどの痛覚をひきおこすのを味わっている。

昨日、と言いながら、山本ますみはそれを一般的な昨日というふうなニュアンスで言い、映画館の前で出会った昨日という意味はまったく切除されている、そんな言い方なのであった。美央子について何も質問しないことが、それを表わしている。美央子は、質問などされて答えるどころではないけれども、この黙否のもつ奇妙さを感じている。いや、むしろ、こんなふうなのかもしれない。つまり、映画館の前で出会った昨日なのだけれども、自分はあのとき婚約者と待合わせしていたのだと主張されていて、美央子が誰といっしょだったかが故意に無視されている、というふうなのだ。

九月十一日に決めたんよ。

山本ますみの声が高まる。

何？　九月十一日？

美央子は脱水された洗濯物を干すのに、外の干し場へ出、ほっとする。

結婚式のこと。

声だけが追ってくる。

マンション建つまで言うて、延ばしてる、そのこと。

念を押すふうに粘っこく、声が来る。念を押し終ったからか、ぷつりとやむ。

美央子は、金属の枠に掛けわたされているビニールの紐に、衣類を一つ一つ皺をのばしながら掛けていく。濡れた布の感触が内に涼しげなものを引きおこし、びっしり吊された衣類のはためいている合間の、青空に、黙って顔をむけている。そうして外向きでいるかぎり、辛さがましである。

それにしても、もし山本ますみが美央子のことを訊ねでもしようものなら痛みで跳びあがるだろうけれども、それにしても、訊ねないのがまったく奇妙である。訊ねたなら、二人の間に風通しがよくなるだろうに。山本ますみの内に、そもそも風通しがないからなのかもしれない。けれども、美央子はもうどうでもいい。自分を何とかできさえすればいい。こんな時、話しに行く人もない。もう誰もいない。初子は、いちばん会いたくない人、もう顔も見たくない人になってしまった。とはいっても、踏み殺してしまった懐かしさの、生き残りのようなものが、ほうっと立つ。しばらくそれを味わった後、また踏み殺す。

あれから半月ほど経つ。

あの後も山本ますみは絡んできた。

五、六日して、パン屋で出会った。山本ますみは勤め先からビジネス学校の夜学へ直行するので、夕方に買物をする美央子が、どこかの店で出会ったりすることは最近なくなっていたが、翌朝のパンを買い忘れた美央子が夜になってから出ていくと、帰りの山本ますみが店にいた。肩あたりまでの長さで下へいくほど段々にカットしてある流行の髪型と、ドレッシーにデザインした流行のTシャツとが、目にとまり、流行の形にもかかわらず、すこし背をかがめて何かを物色している後姿にはそれとは正反対のものがあった。

二人してアパートへ帰っていく最初、山本ますみは黙りがちだったが、妙なふうに生気づいてきて言った。

九月一日からあっちへ移るんえ。一足先にわたしだけが住むことにしたわ。住み馴らしとくほうがええし。カーテンやら絨緞やら家具やら整えるの、何ていうても女のほうやもん。窓ぎわに植木鉢たくさん置いて、花たのしも思てるの、広い出窓になってるし。

美央子は黙っている。

すてきな人え、彼、いつかお見せするわ。写真お見せしたけど、実物もっとすてきやし。

美央子は自分の現状を逆撫でされるがままになっている。

いまロードショーでやってる『愛と追憶の日々』ていう映画、知ったはる？

へ？　何？

痛みで跳びあがりそうになり、同時に、奇妙なものに打たれる。なぜなら、知っているかと訊ねるまでもなく、山本ますみは美央子と松男がその映画から出てくるのを目撃したのだから。

わたし、次の日曜、彼といっしょに行こ思てるんやけど。藤原さん、よかったら、出口で待っててくりゃはったら。彼、藤原さんに見てほしいわ。

山本ますみは美央子にゆっくり顔をまわし、じいっと見る。夜道なので表情ははっきりしない。

一瞬、美央子は、陽のあたる風景がゆらゆらした水面に逆さまに映ってきらめいているのを見るような、何かが一回転くるってしまった感じをもつ。そして、たちまちわかる。映画館の出口にいた山本ますみは、美央子が誰かすてきな男と連れだって映画から出てくるのを見、それにたいして泥の渦巻のようなものになってしまっている、と。

その渦巻から飛び散ってくる言葉を浴びる不快さに、美央子はいたたまれない。

ところが、山本ますみの見たものの実際の中身は、山本ますみの見たものと天地の開きがあって、その開きによって、美央子はいっそう逆撫でされている。

すてきな男と、美央子は連れだっていた、たしかに、そうなのだ。

山本ますみは、見たものを見なかったかのようにしてしまいながら、続ける。

彼、大学出で。わたしはちょっと都合で大学行かへんだけど、彼、大学出で。勤め先も一流やし。

そう？　そやのに、その人、何でビジネス学校の夜学通たはるの？

と、思わず美央子は言ってしまい、言ってから、言わなければよかったと感じる。

資格とるため言うたやないの。

山本ますみはきつい声になる。

わたしよう知らんけど、大学出の人でも、まだ資格とったりしゃはるの？

そら、いくらでも。特に管理職の人は、部下が資格とること指導せんならんから。

部下のために自分も資格とらはるの？

彼、有能やし。何でもできる人やし。

夜学まで通て、資格とらはるんやね。

そこで会話が途絶えてしまった。美央子は意地悪するつもりはなかったけれども、はっきりしないものについて質問したのが、意地悪した結果になったのかもしれない。それによって相手からいっそう泥の飛沫を浴びてしまった。

あれから何日にもなる。

あれ以後、話す機会はなかった。けれども、どういうわけか、それまでとくらべて顔を合わすことが多い。たとえば、窓をあけると、たまたま下の窓から山本ますみの首が出ていて、こちらを見あげ、何となく目で挨拶したとか。帰ってきて管理人室の前を通る時、あれほど仲の良くない山本ますみと島田八重が、仲の良さそうな笑い方で喋っているのを見かけたとか。決して出会うはずのない時刻に、スーパーで買物をしている山本ますみの横顔が見え、こちらに視線をむけてきたとか。

美央子は、山本ますみのことにまったく関心がない。普段はすっかり忘れているほどである。にもかかわらず、山本ますみの顔が、その顔のほうが、美央子を訪ねてくる、といった感じなのだ。

うち、この顔、好きやない。

と、そのたびに美央子は思う。

嫌いという言葉を遠慮して、好きでないという言い方を使っているのが、自分でわかっている。

好きな顔のことは思い出さないよう努めているけれども、たえまなくそれと同居している結果になる。好きだという気持がぽっかり割れてしまっていて、その割れ目が、石の角が粘膜をこするように痛む。もう決して、割れたのをつなぎ合わせて元どおりにすることはできない。それは、もう一つの顔のせいなのだ。お姉さんなどという呼び方は意味がなくなり、そこのところにいのちがからっぽになってしまっている。一人の女の、敵の顔である。この二つの顔が、絡み絡みして、美央子につきまとっている。そして二つとも、どこか磁力をおびたような、実際以上にきらきらしいものになって、実際以上にそうなのだと美央子は気づいているのに、それをどう変えることもできない。自分が自分ではない者になってしまっているから。自分の血に別な誰かの血が流れるようになってしまっているから。それが誰なのかいいようもないけれども、あの湧きたち湧きたつ黄ばんだ海の何処かに、そんな誰かがそっと身を潜ませていると感じられもする。黄ばんだ海を食べて、肥え太っている、とも感じられる。そんな辛さの只中へ、山本ますみの顔がちらちら現われる。普段は忘れているけれども、見るたびに美央子は思う。

うち、この顔、好きやない。

半月ほどの間ずっと、こういう状態で暮らしている。同じことを思い出し、同じ思いを繰り返し、その環から出られない。閉じこめられているけれども、狭い牢という感じでなくて、牢の底にあの海が沸騰している。これまで以上に湧きたち湧きたって、そのみなぎる力が硫黄の蒸気のように跳ぶ。どんなふうに跳ぶのかいいようもないけれども、それに曝されるがままになっている。

いまもアパートの部屋で、それに曝されている。夕食をすませてしまうと、何もすることがない。ビジネス学校の予習も復習も手につかないし、テレビも見たくない。誰にも会いたくない。眠ると、わるい夢をみるような気がして、寝に就くのも遅らせてしまう。

そういえば、あの雪景色の夢をみたことがあった、と思い出す。あんな白い大きい眺めのなかに、両腕をひろげて眠りたい。

「藤原さん、藤原さん」

と、誰かが呼んでいる。

美央子はゆっくり立ち上る。もう十時を過ぎている。声はどうやら山本ますみのようだ。いつものようにドアをノックせず、なぜ呼んだりするのか。

出ていってドアをあける。

上ずったような目の、山本ますみが立っている。白い顔にも、ピンクがかった上気の色があって、普段より女臭い。

「入らしてもらうわ」

と言って、山本ますみは中へ入った。こちらの都合も聞かずに、これまで入ったことはなかった。

「藤原さんのお部屋、あいかわらずさっぱりしたはるね、うちより広うみえるわ、うちはいっぱい物があるから」

山本ますみはぺったり尻を落とす坐わり方をした。

「いろいろ買いそろえたい思てながら、暇がのうて、いまだにこんなんやけど」

美央子は窓を背にして坐わり、テレビと机と椅子と本棚と食卓と小型の洋服ダンスしかない部屋に、視線をぐるりと回わす。机の上には置時計、そして脚下にはハンドバッグとショルダー・バッグが置かれているだけの、飾りのなさである。本当は飾るのが好きで、一人の住居へ移ったのは、自分流に生活空間を作りたいと思ったからでもあった。けれどもそんな気持のゆとりがどんどん失われてしまって、現在の自分がここにある。

「わたしの持ってるもん貰てもらおかしら、あっちは新しいもんにするから」

「好み違うし、要らんわ、せっかくやけど」

「いや、好み違うて言わはるの？　違う言うからには、藤原さんのほうがええ好みいうこと？」

「そんなこと言うてへんわ、人それぞれ好みある言うただけやわ」

「藤原さんて、自分のことどう思たはるんやろ？」

「どうて？　どうも思てへんわ」

「自分のこと、すてきや思たはるんやないの？」

その問いに、美央子はびっくりし、山本ますみを見ると、最初からの上ずった目がいっそう上ずったふうになり、きらりと矢が放射されている。

この人、酔っぱろたはるんや。

と、美央子は気づく。

「もしかしたら自分のことすてきや思てるかもしれんけど、山本さんが自分のことすてきや思たはるのと同じ程度に、そう思てるかもしれん」

相手の喧嘩腰に乗せられて、自分も喧嘩腰になる。めったに人と喧嘩したことがないが、山本ますみとの間に溜まり溜まったものが、出口を見つけて迸る。

「経験もないくせに、わかったふうなこと言わはるね」

山本ますみはきりきり言う。

「経験て、どういう経験？」

「男の」

「あるわ」

好きだという経験はあんなにあった。そして、いまもある。割れたまま、生きている。

「へえ？　誰と？」

山本ますみはふいに打ちひしがれた顔になる。

「誰と？」

おうむ返しに美央子は言う。二人は共有の交際範囲をまったくもっていないので、そんな質問が成立するはずもなかったから。と、ふいに気がつく、山本ますみが誰のことを思って言っているかに。山本ますみと美央子との間にその男が亡霊のように立っているのが、わかる。いまだけではない、あの映画館の前での出会い以来ずっと、二人の間にそれがあったのだ。それをめぐってだけ、山本ますみの含みのある言葉が発せられてきたのだった。

この女、他の女がすてきな男をもってること許せへんのやわ。自分に、すてきな男との経験ないから。きっと、そうや。

「誰て、言うわけにいかんけど」

美央子はあいまいに言う。割れてしまっているので、言うこともできない、自分にさえ。

「どんな人？」

山本ますみは喰いさがる。あの時のあの男なのかどうか確かめたいのだろうか。

「想像にまかせとくわ」

美央子はすこし意地悪になる。

「藤原さん、田舎へ時どき帰らはる?」

山本ますみは話題を変え、妙にさばさばした顔になった。

「ううん、ちっとも。そやけど夏休みには帰るつもりやわ。もしかしたら今年は早目に帰るかもわからん」

美央子はビジネス学校を放り投げて、もう今月にでも帰ろうかという気になる。

「田舎で見つけやはったらええわ」

山本ますみは、さばさばした顔から勝ち誇ったような顔になる。

「職を?」

「相手の人」

「どういう相手?」

美央子は、ぽかんとした気分で訊ね、ふいに気づく。山本ますみがいったん遠くへ後退した後、ゆるゆると攻めてくるのに。

「男」

と、きっぱり山本ますみは言う。そして口早につけ加える。

「自分のことすてきや思たはるんやないか思て、おすすめするわ。自分のことすてきや思たはる女が、都会のすてきな男と連れだったはったりして、似合わんことあるし」

「わたし、すてきな男と、いつ連れだってるの見ゃはったん？」

あの映画館の前の出会いのことを、二人の間で表面に持ちださないかぎり、いつまで続くかわからぬ山本ますみの企りごとを思い、美央子は思いきって言う。

「いや、おかしなこと言わはる。わたし藤原さんのこと言うてへんのに、一般のお話してるだけやのに」

「そやけど、まるでわたしがすてきな男と連れだってて、似合わへんだような言い方やし」

「そんなこと考えられへんわ、藤原さんがすてきな男と連れだったはったなんて。それをわたしが見たなんて」

沈黙が二人の間に落ちる。それと比例して、内から圧し出てくるものが烈しくなる。沈黙の重みでそれを上から圧し返しているような、危うい均衡である。

「夜分《やぶん》におじゃましてしもて」

けろりと言って、山本ますみは立ち上る。

美央子は何も言わず、ドアのところまで後についていく。山本ますみの体を越して腕をのばし、ドアをあける。そのとき体が接するほどになり、酒を飲んだ人の息の匂いを嗅ぐ。空気をいれかえたく、下に降りてスリッパをはき、さらに大きくドアをあけ、自分が先に廊下に出る。

山本ますみが後から廊下に出る。

この人、帰りに一人で飲んで来ゃはったようやわ。誰かとたのしゅう飲まはったなんて決してないわ。

そんなことを思いながら、酒の匂いの残っている部屋にもどりたくなくて、廊下に立ち、大きく呼吸し、降り口へ足をはこぶ山本ますみの背中をぼんやり見つめている。

と、山本ますみは降りる直前で、こちらを振り返る。そして妙に笑って、言う。

「たくさんお話できてよかったわ」

美央子はあいかわらず何も言わず、相手の顔をじいっと見る。

この顔、好きやない。この人、好きやない。この人の全部が表われてるこの顔、好きやない。ぞっとするほどこの人がこの顔にまるまる出てる。

なぜともなく美央子は二、三歩近寄った。そうすると二人はすれすれに立つほどになった。くらっくらっと眩暈のする気分がし、はてしなく遠くまでぎらぎらととろけている視野のなかで、美央子は、山本ますみを仰向きの状態で突き落とすことを思った。二人は降り口に向きあって立ち、山本ますみは階段を背にしているのだから。

ついとその場を離れ、振り返らず、美央子は自分の部屋へもどった。ドアを閉めきると、体内を、滝のように怒りが音をたてて奔流しているのが感じられた。自分のいのちの全部が怒りに変換されている。それ以外何も自分というものがなくなっている。

電話のベルが鳴っているのに気づく。滝の音がベルの音を消して聞えなかったのだ、と思う。近寄ると、やんだ。

山本ますみからだ、という気がした。下の部屋へもどった山本ますみが、言い残した何かを上の部屋へむけてまだ言おうとしているように思えた。それほどまでに、あの映画館の前での出会い以来、思えば、目に見えぬものが跳梁していた。山本ますみが入りくんだ手口をさしむけてくるその対象の事実は、じつは中身がからっぽで、そこのところで美央子自身のたうちまわって苦しんでいるというのに。

また電話が鳴りだす。

受話器をとると、相手は山本ますみではない。

「美央子さん、どうしゃはったん、全然音沙汰のうて？」

初子は言った。

「どうもしてへんわ、放っといて、うちのことはうちのことやし」

美央子は答えた。

「何があったん？　ちょっと変やわ。この前うちへ来ゃはった時もそうやったけど」

「ふん、あの時から、うち変わったん」

「何のこと言うたはるんかわからんわ」

「わかったら、地獄の釜の蓋あけるようなことになるやろ」

「美央子さん、どうしゃはったん？」

「自分に聞いてみゃはったら、わかるわ、そこらあたりに理由見つかるわ」

ぷつりと流れが途絶える。こちらの領域でも、目に見えぬものが跳梁している。

「前からうすうす感じてたことやけど、こんなこと言うてええのかどうかわからんけど、あんたがきつう荒んだはるから言う気になったんやけど」

「何？　早う言うて。もったいつけんと、早う言うてしもて」

「やっぱりやめとくわ、お他人の内に立ち入るの、ようないし」

「いま何言お思わはったんか、わかってるわ」

「わかってるんやったら、荒むのやめて」

「何で、そんなこと言う資格あるの？　うちが荒んでるの、やめて、て？」

「美央子さん、変わってしまはったね」

「そら変わるわ、変わらなんだら普通やないわ」

「とにかく、いっぺん顔見せて。明日でも明後日でもうちへ来て」

「気《きい》むいたら、そうするかもわからんし、そうせえへんかもわからん」

「さっき電話鳴らしても、出やはらへんし、何処ぞへ行かはったんやろか病気で寝たはるんやろか、思たりして」

「さっきの電話、お姉さんやったん？　うち、寝てて、取ろ思たら切れてしもて」

「病気やなかったらええけど」

「うち、寝てて、おかしな夢みたわ」

ふと、美央子は、たったいまの階段の降り口でのことをそんなふうに話す気になる。もしかしたら、もう決してその呼び方をすまいと思っていた、お姉さん、を、ついつい口にしてしまい、その言葉に封じこめられていた信頼がわずかに息を吹きかえしたのだろうか。

「階段の降り口に、うちと、女の人と、立って話してると、その女いうのはアパートに住んでる人やけど、その女の顔が嫌で嫌で、その女の全部がそこに表われでてて、その顔さえこの世から無うしたらせいせいするような気に、一瞬なって、その女を階段下に突き落としてしまう夢、さっきみて、自分でもぞっとしたわ」

「美央子さん、そこまで荒んだはるのようない。病気よりもっとようない」

「そやけど、この夢いきいきしてて」

「夢の話なんぞ人に言うもんやない。言うたら残る。残って、ほんまになる」

「ほんまになる、て？」

いつか初子に夢のことを話そうとして、拒まれたことがあったのを思い、訊ねる。

「夢やなかったかのように、はっきりしたもんになってしまう」

「ああ、もう言うてしもたし、仕様がないわ」

「美央子さん、その女とちゃんと行ってへんのやったら仲なおりせんと」

「その女だけやない、別の女ともやけど。女は女の敵やし、女の人全部とちゃんと行ってへんわ」

「美央子さんそんな人やなかった」

「そんな人やったのに、見えなんだだけや」

「美央子さん」

強く、初子は言う。

「何？　何でも言うて」

美央子は投げやりに言う。

「あんたの中に、怒りの子が見える、いま」

「怒りの子て、何？」

「人のうちに、潜んでる、外から見えんけど、何処かにいる、人の奥のほうに。それが何かのことで、うっと出てくる。誰の中にも、いる。美央子さん、走りださんといてね、走りだすと、それが跳びでるから、気つけてね」

「お他人の内に立ち入るの、ようないし、て言わはったやないの。放っといて」

5

梅雨に入ってずっと雨が続いている。入る前から今年は薄ら寒いような雨の日が多かった。天気に、子供の頃から人一倍左右されてしまうたちであった。動物みたいに体全体で、空気の具合に反応したものだった。いまも美央子は、降り続く雨に、いっそう犯されている。この視野のなさに、二、三日前から急に蒸し暑さが加わってきて、ますます気候に追いつめられる。一つところに自分がいると、自分に深入りするばかりだが、気を晴らす手段もない。いや、気を晴らそうという意欲がなくなってしまっている。この状態はいたたまれないのに、これに中毒したような具合で、そこにずうっとうずくまってしまっている。何かこうありたいと思うものがなくなっている。よりよいものを願わなくなっている。時たま掠めてすぎた、雪景色の思い出というか、似た夢というか想像というか、そんなものも完全に途絶えてしまった。行くところがない。こんな時には、行くところとしてまず思い浮かんだのは初子のところだったのだけれども。

六月の初めに向うからかかってきた電話で初子と交わした言葉を、美央子はちらちら思い出すこともある。もうあれで初子とも最後だったような気がしている。

今日は水曜なのに、こうしてアパートの部屋に一人でいる。どんなに辛い気分の日もこれまでビジネス学校を休みはしなかった。講義は頭にはいらず英文タイプはミスばかりしていても、それでも外のものにかかわっているほうがましだった。けれども今日、はじめて休んでしまった。はっきり理由があったわけではない。朝、自分を外へ押しだす何かの力がなく、何となく出なかった。

そうして、いちばん向き合いたくないものに向き合っている。

ふと、一つの思いつきのようなものが頭を走る。松男に会い、松男への思いを言ってみるということ。考えれば、一度もそれをしたことがない。

そのために今日学校を休むことになったのだと思われてき、すこし気持がはずんでくる。けれどもいったい何処で松男と二人きりになれるだろうか。電話で外へ呼びだすにしても、喫茶店でそんな重大なことを話したくない。この雨では公園を散歩しながらということは考えられない。そもそも松男が外へ出てくるか。だから、やはり岩崎家で、松男と二人きりにならねばならない。あの広い家だから、それはまったく不可能ではない。けれどもそのために、どういう時刻を選べばいいか。夜は家族が全員住居のほうに揃っている。岩崎家に泊るのでないかぎり、二階の松男の部屋へこっそり入っていくなどできはしない。昼間は、常男は店のほうにいて、小百合は学校であるから、もし初子が家にいない時刻なら、店に出ている松男をほんの十分間でも住居のほうに呼んで、話すことができないことはないだろう。初子はたいてい午後に買物に出る。だから、その時だ、と美央子は決め、そう決めると、ずっと長く落ちこんでいた気分に一つの出口が見つかった気になる。怖い出口でもある。松男への思いを言い、松男から返ってくる言葉が怖い。まだなにか希望できるものがあると自分は思っているらしいから。まだ一度も何も相手に言っていないのだという、さっきの着想が、見通しを明るませている。

午後、アパートを出た。初子と顔を合わせてもかまわなかった。午後の間ずっと岩崎家にいて、初子が買物に出かけた時に、目的を果たせられればいい。

何となく気が楽になり、雨傘をさしレインシューズをはいて墓地わきの道を行きながら、鼻唄でも歌いたい気分になってくる。レインシューズが一足ごとにごぼごぼ鳴り、傘の上で雨脚が強くはじけている。こうして外を歩いていると、蒸し暑さも、雨のしぶきが消している。土塀の続いている界隈を通りすぎ、うなだれたような低い家々の通りへ入っていくと、雨音の層の奥に、いつもよりずっと微かなものとなった機織の音が聞きとれる。水曜の正午過ぎという時刻にここを歩くのは、これまでにないからか、なにかいつもと違った街の相が感じられる。落ちこんでいたところからすこし脱け出ていく気分を、一歩一歩味わっていく。

バスに乗り、やっと、直面しようということの重大さにぞくっとする。松男に何と言えばいいのか、岩崎家に着くまでに考えておかねばならない。けれども思いつく言葉はどれも気にいらないばかりか足りなくて、結局のところ、好きだ、というたった一つの動詞の単純さのほか何もない。なぜそうなのかもうまく言えそうにない。顔がいいから、姿がいいから。いちばん嘘でない理由らしかった。男がすてきだというのはこれ以外ないように思える。けれども、まったく別な言い方に置き換えねばならないだろう。

それが見つからぬままバスを降り、岩崎家への通りを歩いていく。鼻唄を歌いたい気分はなくなっていて、いくらか深刻さがつのってくる。

屋号を染めぬいたのれんを開いて、玄関の土間へ入る。右手の事務室へ、すばやく視線を投げる。松男の姿は見えず、常男が事務机に坐わっていて、横に立つ誰かと話しているのが見えた。忙しいさなかにも、入ってくる人に常男がちらと向ける目、そして人をすばやく見分けて相手次第で送ってよこす慇懃な笑顔を、美央子は見、挨拶を返し、通りすぎた。その隣りの、商品が棚ごとに積んである広間にも、二人の店員が客と応対しているだけで、松男の姿はない。

引戸をあけて、住居のほうへ入る。がらんと天井裏まで丸見えの台所の土間に、電灯はともっているけれども、誰の姿もない。その明りにもかかわらず、雨の日の岩崎家は、いっそう暗さが、蜘蛛の巣のようにあちこちに巣を張っている。

松男さん何処やろ？　お姉さん何処やろ？

二人とも姿が見えないことで、まず面喰らってしまう。予定していた状況とまったく違うから。

すぐに店のほうへ引き返し、事務所の中へむけて、大声で訊ねる。まず初子のことを。初子はいると常男は言う。次に松男のことを、つけ足すふうに。松男もいると常男は言う。

住居へもどりながら美央子はすっかり動転してしまっている。二人とも家にいるのに、姿の見えないことが、二人が何処かで逢っているかのような想像を、旋風のように巻きおこすから。

その旋風に押しやられるふうに、家へ上る。十畳敷の台所をゆっくり踏みしめていき、その中央に立つ。声はださない。誰かを呼ぶのでなく、二人の居所を探しだそうという気になっている。鼻唄でも歌いたい気分で雨のなかを歩いていた時は自分らしさにもどっていたというのに、自分ではない力に、はや自分をまかせてしまっている。

台所と茶の間との間の襖も、その奥の美央子のいた部屋との間の襖も、その部屋と廊下との間の障子戸も、夏場はそうであるようにあけ放されていて、見通しにならぬように衝立が置かれている。そのむこうに、雨に降りこめられた中庭の、南天の木が見えていた。

台所の突きあたりの、黒塗りの引戸が四枚並らんでいるところは、三枚は奥が納戸なのだが、一枚は、その引戸をあけると二階への上り口になっていて、美央子は、まず二階へ行くことにする。ここに住んでいた時に一度上ったことのある階段は、この都市の古い家で上った階段にくらべれば、一段一段の木が厚くがっしりしていて軋み音をたてないけれども、急勾配で、電灯のないところは、他の家々と同じである。その勾配を上っていきながら、アパートの階段を思い出し、あれが急なのはさほど例外ではないのだと考え、すぐそのことが頭から去ってしまう。

上りきると、廊下で、その片方の端は、倉庫になっている店の二階の壁で終わり、もう片方は中庭のほうへ南に伸びている。すぐのところが、客の泊まったりする大部屋である。そこは、北側は店の二階の壁、東側は台所の土間の天井裏をへだて限る壁、西側はこの廊下、南側は、中庭に面して並ぶ二つの小部屋との間の東西の廊下なので、窓がなく、その代わりに襖の上部が大きな欄間になっている。美央子は南北の廊下をゆっくり歩いていき、東西の廊下へ折れるところで立ち止る。

「松男さん、居ゃはるの？」

と、やっと呼ぶ。

二つの小部屋の一つが松男のものなのだ。もう一つは、きっと常男のものだったのだろう。もし松男が一人でそこにいるのならどうだろう。そのためにこそ岩崎家を訪ねてきた目的が、いま叶えられる寸前なのかもしれない。そう思って胸がはずむ。南北の廊下の南端のあたりに明るみがあるだけで、階上全体に暗く埃っぽく澱んだものがある。松男の部屋から返事はなくて、空部屋と同じくらいのからっぽなものが感じられる。ふいに美央子は哀しみに貫かれ、しばらく立ちつくしている。こんなに思いを養ってきて、もう今日が最後の最後かもしれない、と。

松男が二階にいないのが納得されると、すぐ階下へもどる。残りは、中庭のむこうの別棟である。こんなに二人ともいないのは、逢っている証拠と思われ、同じ家で暮らしているからには、状況は毎日いつでもありうることを思い、全身が冷え凍ってくる。動転しているけれども、熱くはなくて、自分の生きている芯のところが凍河のようなのだ。

台所から廊下へ出る。さっき見えていた南天が、細い葉先を雨に震わせている中庭を、右に見て、それより先へ行ったことのない別棟へ、ゆっくり歩いていく。すこしも慌てることはなかった。もう冷えきっているから、上ずってはいない。別棟はどこかしろっぽくて、建った年代がそう古くないのだろう。二つ部屋があり、廊下に面したところは、出入口の襖戸をのぞいては壁になっている。最初の部屋が初子と常男の寝室だということは知っていた。美央子のいた部屋の、中庭をへだてた真向いなのだから。呼ばずに、襖戸にノック風な音をたててみる。誰かがいるとは思えない静かさで、そう安心し、けれども十二分にためらった後、それをあけた。八畳の広がりがあり、今風にベッドが二つ置いてある。すぐ閉めた。胸が大きく鼓動を打っていた。家全体がどきどきした。それのおさまるまで歩きだせない気になり、そこで深呼吸を繰り返した。

うち、いったい、いま何してるんやろ？

と、唐突に思う。

そうして一瞬、自分が静かになる。けれども、始まってしまった動きが、次へ押しやるのをとどめようがない。決して自分の届くことのできぬ松男と初子が、きらきらしい暈をまとって目に見え、誘う。それを壊すためではない。その見えるものの罠にはまって罠ごと走っている。苦しいから、走るのかもしれない。

次の部屋の前へ来、また襖戸にノック風な音をたてる。

うち、狂てるわ。

美央子はそう呟く。

廊下の突きあたりの土蔵に通じる引戸のほうを見、いま歩いてきた台所の方向をも見、そして、衣裳タンスや鏡台などの置かれているらしいその部屋の、襖戸の取手に指をあてる。中に階段があって二階の小百合の部屋へ行ける構造になっているのを聞いて知っている。息を呑んで、襖戸をあけると、やはり誰もいなく、畳に、蓋のあけられた衣裳箱がいくつもばらばらに置かれている。泥棒でも掻きまぜたように衣類が箱からはみでている。美央子はあたかも自分がそうしたかのような気分になり、ぼんやり目をやっていて、それから、部屋の隅の何もない白い壁に、十字の形の黒い木を見た。

妙な、思い出しそうで思い出せない、夢見心地のような気分におそわれ、襖戸を閉めかけた時、土蔵へ通ずる引戸があいて、初子が出てきた。

「びっくりするわ、美央子さん」

本当にびっくりした顔を初子はした。

「誰も居ゃはらへんから、ここまで探しにきてしもて」

美央子もびっくりして言う。

「ひさしぶりやね、来てくりゃはってよかった」

初子は手にしている古い金襴の小袋を、美央子が閉めたばかりの襖戸をあけて、ぽいと中へ放りこんだ。

「何したはったん、土蔵で?」

美央子は倒れんばかりに辛くなってくる。土蔵に松男がいるのではないかと思うから。これほど探して何処にもいなかったのだから、残るのは土蔵だけである。

「探しもんしてて、衣裳箱全部あけても無うて、やっと土蔵にあったわ」

いまの小袋がそれなのだろうか。それを探していたという口実なのだろうか。美央子は、いつかも松男が探しものをしていて、あの石をもって出てきたのを思い出す。探しものということで、一時間も土蔵に入っていることは不自然でない。

「松男さん何処？」

それさえわかればよかった、土蔵のなかでさえないことがわかれば。

「知らんよ、うち」

けれども初子はそう言った。

その言い方が、初子特有のあっさりしたものともとれ、隠蔽するものともとれて、胸が絞りあげられる。当って砕けたかった。唐突に言いだした。

「十八の頃、頭がよすぎてノイローゼにならはったんやて？」

「何言いださはるの、美央子さん」

「頭がよすぎてノイローゼになるような女に、常男さん惚れてしまはったんやて？」

「昔のことやないの、済んだことやわ」

「頭がよすぎてノイローゼになるような女、男の人が好かはるんやね、いつでも、いまでも」

「美央子さん、気でも狂たん？」

「そうや、狂たん。狂たら、男の人好いてくりゃはるか思て」

「男の人て誰？　美央子さん誰ぞ好きな人あること、うすうす知ってたけど」

「それより、うちのほうが聞きたいわ」

「何言いたいの？」

「誰か好きな人ある？」

「うちが？」

「常男さんよりも好きて言える人」

「うちが？」

「好きて、命がけのことやから。答えて」

「美央子さん、変わった質問やね」

「答えて。さあ、まじめなことやから」

「好きていう言い方とは違うけど。その、まじめなことやったら」

「やっぱりそう」

「やっぱり、て何？　何言うたはるの？」

「ごまかさんといて」

「ごまかす気なんかないわ。公けに言わんだけやわ」

「やっぱりそう。好きていう言い方とは違うなら、何ていう言い方？」

「愛する」

「何？　もういっぺん言うて」

「いま言うた。二度言うことない」

初子は奇妙に透明な顔で言った。

美央子は全身、叫びになる。

ついと背をむけて廊下を歩きだす。初子の声が追ってくる。そのまま美央子は台所へ出、土間へ降り、傘をとり、事務所のほうへ視線をむけて松男があいかわらずいないのを確かめ、そして、外へ出る。

小降りになっている。びしょ濡れになって走っていきたいほどだが、ちゃんと傘をさして行くだけの自制心はある。初子とのやりとりに含まれていた、はっきりしないニュアンスのすべてが、はっきりしないまま身に覆いかぶさっている。初子と松男のことだけが交響楽のなかの主題のように、あのとき聞き分けられて、いまこうして去っていきながら、いっそう主題となり、他の音色はどんどん薄れていく。

岩崎家のある通りをバス停の方向に曲がる。

と、前方から傘をさしてゆっくり歩いてくるのは、松男ではないか。

あ。

美央子は今度は別な叫びになる。

さっきからのこと、いや、この二、三ヵ月来のことの、全部が脱け落ち、つのる思いの熱さだけが、温泉の源の湯が空へ高く噴きあがっているような具合に、自分から、その前方の姿へむけて迸りでる。

この世でこの男さえあったらええ。

と、美央子は呟く。

近づいてきた松男は、夏向きのざっくりした黒い上着を着ていて、顔の雰囲気がどこかいつもと違うと感じられ、すぐに美央子はそのわけに気がつく。これまで長目の髪にしていた松男は、刈りあげた髪型にしていて、木綿の上着ともども、軽くすがすがしいのである。その姿へむけて、つのる思いが渦巻いていくと、またしても別な思いに逆巻きされる。軽快な姿は、内に内に沈むようであった松男が、好きな女にむけて希望した表われではないのか。

「美央子さん、もう帰らはるの?」

松男が目の前で立ち止って、言う。

帰る、そう、田舎へ帰る。

何となく、その言葉がそういう連なりへと動いて、美央子は、考えても考えても思いつかなかったあの告白の文句のきっかけが、いま唐突に、逆の言い方で思いつかれる。

「田舎へちょっと帰ろか思て。結婚話あるし」

一瞬の計算で、こんなことを言いだした自分に、美央子は驚く。結婚話にたいする松男の反応で、何かがはっきりするにちがいないから。

「美央子さんのお家、何したはるの？」

松男はそう訊ねただけである。

「昔から町で唯一の雑貨屋やったんやけど、いまは改造して、大きなスーパーになってるわ。松男さん知らはらへんだん？」

美央子はぞっとしてくる。

「知らなんだから聞いてる」

松男はほんのり微笑する。

「知ったはるもんと思てたわ」

もし好きな女なら、その女がどういう家の者か、いち早く知ってしまっていることだろう。

「いつ田舎へ帰らはるの？」

「月末に、と思てる」

「またこっちに来ゃはるんやろ？」

「結婚話次第やわ」

「そう、ええ話やったらええね」

美央子は、いのちがすべて何処かへ落ちていくような冷凍感のなかへ入っていく。

「そしたら、さいなら」

と、訣別のつもりで言った。

「またいつでも遊びにきて」

と、松男は言い、ちらとこちらに目を返してから歩きだした。

その切長の目のきれいさが、諦めきれぬものとして、迫り迫り、美央子は内に号泣しながら歩いていく。

涙の滝はアパートに帰り着くまでやまず、何処をどう歩いたのか記憶に残らぬまま、アパートまで歩いて帰った。

玄関の上り口で、島田八重と共稼ぎの女が立ち話をしていて、二人ともにっこりした顔を美央子にむけた。階段を上り、自分の部屋の向いの洗濯場から、階下に住むサラリーマンの男が出てくるのに出会い、そのとき開かれたドアのむこうに、雨の日のためのテント状の布の張りだされている干し場に、雨にもかかわらずびっしり垂れさがっている洗濯物が見えた。

部屋へ入り、夕食の準備をする気にならず、そもそも材料を途中で買うのも忘れてきたのに気づいたけれども、食べる気がないので、今夜は食べないでいいと思い、けれども何もすることがなく、そうだ寝ようと思い、寝る以外何をしていても辛いのがわかっていたので、寝床を敷いて、服のまま倒れこんだ。

夢ばかりみた。知っている断片やら知らない断片やら、脳の天空いっぱいにごみをばらまいたふうに、断片がいっぱい浮遊していて、どんどん現われたり流れていったり消えていったりし、全体をとおして単一な音楽が鳴っている気分だった。その音楽とは胸苦しさそのものだった。

「藤原さん、藤原さん」

という声で、目が醒める。

上り口と部屋との間に、山本ますみが何かを手にして立っていた。

「何?」

まだ夢の続きのような感じで、美央子は上半身を起こす。たったいまの夢のなかへ、山本ますみその人を導きいれても、すこしも不自然でない。山本ますみは美央子にとってそんな人物になってしまっているから。

「ドア開いたままになってて、どうしゃはったん?」

「開いてた? そうそう、鍵かけなんだんやわ、疲れててすぐ寝てしもたから」

「具合わるいの?」

「ううん、全然」

「そやけど、寝たはるし」

「疲れたし、それだけや」

美央子は蒲団の上に上半身を起こしたままの姿勢でいる。眠りたかったから、山本ますみに出ていってもらいたかった。かりに眠らなくても、山本ますみと話をしたくなかった。

「ほら、これ、おすそわけ」

けれども山本ますみは、部屋へ入ってきて、手にしていたものを美央子に差しだした。

「お菓子？」

美央子は、二枚の半紙に包んだそれを、手に取り、島田八重からも山本ますみからも菓子包みを手渡された以前のことを思い出す。あれ以後、別な人々からも経験した。この都市で、そんな菓子包みが人の手から人の手へと暗々裡に渡っているらしい。和解のためではまったくなく、ごまかすためとか、有利にはこぶためとか、聞きだすためという奇妙さである。

「ちょうどよかったわ、病気のお見舞いになって」

「病気やない言うてるのに」

「そしたら、ちょっと居さしてもろてええね？」

山本ますみは美央子の蒲団の横に坐わりこむ。

「いま何時？」

美央子は、やむなく姿勢を変えて、蒲団の上に正座する。けれども疲れているのを示すため、そこから動かないことにする。

「十時過ぎてるわ」

山本ますみは、白い化繊のレース糸で編んだ半袖セーターを着ている。流行のものを着て、流行の髪をしている人だ。

「夜学とお勤めと、疲れるね？」

何も自分からは言うことがないので、そう言う。

「疲れて寝つかれへんだりすることあったし、夜、ちょっぴりお酒飲むこと覚えてしもて」

「いまも飲んで来ゃはったん？」

「よそをお訪ねするのに、そんな失礼なことせえへんわ」

「そやね、今日は匂《にお》てへんわ」

美央子は山本ますみとの間の空気を手で揺さぶってみる仕種をする。

「いや、いつか匂てたことある？」

山本ますみは、腫れぼったい目を見ひらくような、驚く目つきをする。

「そんな気がしただけやけど」

美央子は、前回の時の、あのいうにいわれぬ怒りを思い出す。思い出すといっても忘れていたわけではない。ずうっと深く溜まってはいる。

「明後日は、大っぴらに飲めるわ」

山本ますみは一人笑いの顔を宙にあげる。

美央子は話の行先を感じて黙っている。

「社員旅行なん。金・土・日と二泊がけで」

山本ますみはどうやらこの話のために来たかのような様子で話をすすめていく。

「お天気やとええね」

合槌を打っておく。

「この季節やと経費安いから、うちの会社、毎年、梅雨の最中に社員旅行あるんえ」

いい勤め先だと言っていたのに、と思いながら美央子は聞いている。

「藤原さんのショルダー・バッグええね、何処で買わはったん？」

山本ますみは、勉強机の脚下にいつもそろえて置かれている、ショルダー・バッグとハンドバッグのほうへ目をやる。

「わたしも気にいってるの、田舎へ売りにきて買うたんやけど」

高校卒業の前に、都会へ出たら使おうと思って買った。

「わかってる店やったら同じもん欲しい思たんやけど、田舎へ売りにきたんやったら、あかんね」

「よう似たもんあちこちに売ってるのに」

「それと同じやないと、わたし、あかんの」

「そんな無理言うても仕様がないわ」

「藤原さん、貸してくりゃはる?」

「へ?」

驚いて、美央子は山本ますみを見る。

「金・土・日とだけ。社員旅行に持ってくね」

山本ますみは懇願する顔である。

「何で? これを?」

美央子は不思議な気がする。

「恰好ええもん。それ持ってると、わたし恰好ようみえるから。藤原さんいつか恰好よかった」

「そう? いつのことやろ?」

「映画館の前で」

山本ますみは言ってしまってから、ぎくりとした目になって語尾を消す。すてきな男と美央子が連れだっていたことは、なかったことにしていたことなのだった。

美央子は美央子で、思い出のその部分に痛みで跳びあがる。

「そやない、ビジネス学校の前で」

山本ますみはすぐに言いなおす。

「ビジネス学校やったら毎日のことやわ」

美央子は、あの一事をめぐっての山本ますみのねじれにねじれた反応を、じいっと見つめる。

「貸してくりゃはる?」

山本ますみはまた懇願する顔になる。

「よかったら使て。わたし、この頃は、ハンドバッグとブック・バンドだけですまして、それ使てへんから」

結婚の準備のものを買いそろえている最中の人が、なぜ他人のものを借りなければならぬのか、わからない。菓子包みはこのことのためだったのかという思いが頭をかすめる。

「恰好ええもん」

山本ますみは、勝手にそれを取り、肩にかけてみて言う。

「そしたら、使て」

美央子は早くこの場面を終えて一人になりたくて、そのためなら何を貸してもいい気になる。

「社員全部行くんやけど、ほかの課にすてきな男居ゃはるの。このショルダー・バッグしてると、恰好ええし、旅行たのしみで」

山本ますみは、その茶色の皮の、下まで覆いかぶさっている蓋のところを、ぽんぽんと叩きながら言う。

美央子は怪訝けな思いにとらわれる。きっとそんな顔をしたのだろう、たちまち山本ますみは言葉をつけ加える。

「そらもう、彼、わたしの婚約者が、何て言うてもすてきやけど、同じ会社のその男もわたしにすっかり夢中で。わたし板ばさみになって、困ってるね」

「困ったはるんやったら、恰好よう見せて旅行行かんでもええのに。そもそも旅行行かんでもええのに、結婚前やのに」

「どうも御忠告ありがと」

山本ますみは嬌声をたてて笑いに笑った。

「藤原さん、好かれ方、教えたげるわ」

「要らんわ」

切り捨てたくて、美央子は言う。

「好かれとうないの？」

「要らん言うてるのに」

またしてもこの逆撫では耐えがたい。

「もしかしたら誰かあるの？」

燐色の目になって山本ますみは見る。他方、膝に置いたショルダー・バッグの蓋を開いたり閉めたりしている。

「誰もない」

美央子は強く言う。

「嘘やわ」

山本ますみは追跡してくる。

「誰かある言うたらええの？」

「その人と、時どきデートしゃはるの？」

「ない言うてるのに」

「隠したはる」

「ない」

その語の強さにはじかれたふうに、間があく。

「そらそうやろ」

せせら笑う声を山本ますみは出す。

「何が?」

「あるはずないわ」

「わたしに、何であるはずないの?」

「やっぱり、あるんやね」

先日来のこの問答の鎖をどう断ち切ればいいか、すべもなくて美央子は呻き、山本ますみはショルダー・バッグの蓋をあけて、自分のものになったかのような仕種で中をのぞいている。

「中に、いろいろいれられて便利そうね。チャックのついた中袋、三つもあるやないの」

その時、あ、と美央子は胸のうちで言う。目を醒ましたばかりで、おまけに辛くて、うっかりしていたのだ。

けれども、それより早く、山本ますみは見つけてしまっていた。

「この紐のついてる小さい袋、何?」

と言って、そのチャックをあけている山本ますみにむかって、美央子は蒲団から跳びかかった。

「うわっ、この二つの石」

なにか発情した猫のように、山本ますみは声をあげた。二つの石を取って、自分の右手に握った。

「それ、返して」

美央子は喘いで言う。

「ううん、返さへん」

山本ますみの唐突な昂奮は、もしかしたら美央子が必死に跳びかかったからかもしれない。

「それ、返して」

と、美央子は繰り返して、坐わっている山本ますみの上半身に突っかかる。膝の上からショルダー・バッグがころげ落ちる。

「夫婦石や」

「何？」

「二つあるし、男と女」

そう甲高く言う山本ますみの、二つの石を握った手の、手首を、美央子は強くとらえ、そして繰り返す。

「それ、返して」

その繰り返しが、山本ますみをいっそう昂奮させていくのか。

「誰に貰たか言わはったら、返すわ」

手首をとられた山本ますみは、じたばたして言う。

「誰て言うても意味ないし」

「男の人？」

「もし、そやったら？」

と言い返すと、山本ますみはいのちの萎えたような顔になり。

美央子は、切れてしまった松男への思いが、山本ますみのこうした振舞一切によって、いっそう切り刻まれる感じに、辛く。

辛さが全身をえぐった瞬間に、力が弱まり、山本ますみは美央子の手を振りほどき、そして立ち上り。

美央子と山本ますみとは直立して向き合う。

「すてきな男やったら？」

と、美央子は追撃をかける。現にそうなのだから。すてきな男に貰ったのだ。そのことはもう自分にとってからっぽになっているけれども。

山本ますみは二つの石を握った右手を、高く持ちあげている。

そして美央子は、山本ますみの全身から放射されている憎悪を見た。映画館の前での出会い以来の山本ますみの源にあったものが、そんなふうに表出しているのを見た。

三角関係やったらともかく、何の関係もないのに。

と、美央子は思い、何の関係もなく女と女が敵になることの、ぞっとしたものを感じ、同時に、三角関係ならなおさら、と、自分自身が敵になっていることの切実さに落ちこむ。

けれども男にたいして敵になったりすることは決してない。好きな男は、いつまでも好きなだけ、と、高く思いが空に飛ぶ。切れてしまっていても思いは糸の切れた凧のようである。

山本ますみは、動物が跳躍するふうにくるりと背をむけ、廊下へ走りでた。美央子が追って出ると、山本ますみは階段の降り口で振り返り、宙を仰ぐふうにし、二つの石を投げあげた。

「ほうら、お返しするわ」

石は硬い音をたてて床に落ち、一つはすぐに階段をころげていき、もう一つは降り口のところで跳びはねた後、やはり階段下へと落ちていき、山本ますみも降りていく。

山本ますみが今日は酔っているとは思えない。酔っているというのなら、ふいに表出した憎悪に酔っている。

二階のドアの一つがあいて、誰かが顔を出し、しばらくして引きこむ。一階でも何処かのドアがあき、その女が山本ますみと問答しているのが聞える。

美央子は、彼らが部屋へもどったら、下へ降りて石を探そうと思い、怒りをおさえて降り口に突っ立っている。

ところが下の二人は、階段下まで来て、石を探しはじめる。彼女らの頭や背中が動くのを、美央子は真下に見おろしている。山本ますみは、上を見あげて美央子の見ているのを認めたが、黙ってあちこちと探している。一つはすぐに見つかったらしい。もう一つがなくて、二人の女は玄関の土間の簀の子板を持ちあげたりしているが、いっこうに見つからない様子である。裏側に転がりこんだりするのはその簀の子板しかない。下駄箱と壁の間は隙間がなく、廊下は床板の広がりだけで、何処にも穴のようなものはない。

見つかりさえすれば、あの二つの石が自分の手にもどりさえすれば、許してもいい、と美央子は思っていた。それほど、山本ますみへの怒りとはくらべものにならぬほど、松男への思いは強い。

もう一人の女は自分の部屋へもどってしまい、山本ますみが一人で右往左往しているのが見えていたが、やがて、山本ますみは上を見あげ、そして妙な笑みを浮かべた。それは、さっきから探してくれている行為とはまったく違った表情にみえ、とこうするうちに山本ますみはゆっくり上ってきた。結局見つかったのだろうか、その安心した笑いだったのだろうか。

山本ますみは後四、五段というところまで美央子に近づいてくると、右手をひらいて一つの石を見せ、その恰好でさらに上ってくる。

「一つしかない」

と、山本ますみは言う。

くるくると目の回わる気分がし、美央子は、画集についた口紅の汚れにたいする山本ますみの態度を思い出し、いま、もともと一つしかなかったと山本ますみが言うのではないかと思った。

けれども、そうは言わず、山本ますみは二階に上りきると、別なふうに言った。

「ほら、この一つは、藤原さん、あんた、女よ。もう一つは見つからん。藤原さんに男は見つからんて、サイコロ投げて運勢でたわ」

さっきの憎悪を消した、のっぺりと白い顔がそこにあった。

この顔、好きやない、この世でいちばん好きやない顔や。

そう思った途端、いつもいつもあり、この一ヵ月いっそう濃くある、あの湧きたち湧きたつ黄ばんだ海が、うっと呻き声とともに、内から嘔吐のように溢れでる感じがし、その中心あたりが、ねっとりと濃縮していて、なにか人のように生きている塊であり、それは自分そのものである気がし、いや、自分ではない自分という気がし、生まれて以来同居していた者のように親しく、けれどもまた見知らぬ者でもあり、だから自分ではなく、すさまじい闇の力の渦巻のような、その、誰ともわからぬ何かが、外へ跳びでた。と同時に、目の前にいる山本ますみを強く突いた。あ、いつかこれと同じことを経験したという気がし、山本ますみの全身が仰向けに階段の上へ傾いていくのを見、そして突嗟に、自分も落ちようと考え、傾く山本ますみの体に乗っかかるふうに自分も身を投げた。美央子が山本ますみの両肩をつかむ形で、二人そろって階段をずり落ち、階段下の床にぶつかった山本ますみの後頭部が、大きな音をたて、この世でいちばん好きでない顔から火花が散った、とみえた。美央子の体重の分だけいっそう強い衝撃を受けたにちがいない、その顔を、美央子は土器のように割った気がした。

自分も割れたかったのか相手だけ割る気だったのか、そもそもなぜ自分まで落ちたのか、一瞬、考え、そして気を失った。

第三章

今日は梅雨の晴間である。

美央子はひさしぶりに庭に出る。何人かいるけれども、人の姿はあまり気にならなくて、空が白くまぶしい。晴れてはいないが曇ったまま光っている。

何度も訊ねられた、あの時、逆上して階下へ降りようとして、あの階段は一段一段が狭すぎるので足をすべらせ、ちょうど下から上ってきた彼女と将棋倒しのようになったのではないか、と。

そのたびに美央子はいいえと答えた。

あんな階段はいままで人が落ちなかったのが不思議なくらいだ、とも言われた。

けれども誰一人として落ちませんでした、と美央子は答えた。

また訊ねられた。なぜ自分も落ちたのか、と。そうでなかったら、彼女は死ななかったかもしれないのだ、二倍の体重で階段下の床に頭を打ったわけだから。

なぜ自分も落ちたのか。

死を確実にするためだったのか。

自分の死の危険を犯してまで、他人の死を確実にしたりするか。

そんな言葉が何度か美央子の耳のまわりで飛び交った。

美央子はひさしぶりに庭に出る。何人かいるけれども、人の姿はあまり気にならなくて、空が白くまぶしい。晴れてはいないが曇ったまま光っている。

自分の考えているのは、もっと別なことである。

山本ますみが死んだとは思えない。あの顔を割りさえすればいいと思い、現に割ったのに、その割れ目のむこうへ山本ますみは逃げてしまって、そこでまだ生きている、という感じをどうしてもぬぐい去ることができない。これまでのようにでなく、違ったふうに生きている。

そう考えるというより、感知する。

あの黄ばんだ海が鎮まっている。だからもう黄ばんではいないようだ。とろりとしてはいるけれど、大きく波を打っているけれど。そのあたりから山本ますみの生きているのが伝わってくる。動物みたいに敏感な自分の体がそれを知っている。

そして声を聴く。

わたして、いつでも嘘ばっかりついて、哀しかったわ。

山本ますみが、あの嫌な顔でなく別な顔になって、そんなふうに言っている。

美央子は庭をゆっくり歩きまわる。舗装されていて草も木もない。すぐ行き止りになる。ブロックの高い塀にぶつかるから。けれども狭さを感じない。内に、海があるからだろうか。もともと自分は内に生きていたのかもしれない。以前そう言うと人は笑ったものだ、鈍感な藤原さんが、そんなことを言う、と。

そやけど、うち、何で自分も落ちたんやろ？

解けない謎のように、それを時たま思ってみる。

ふと、答えのようなものが出る。

もしかしたら、目醒めるために、うち、自分で落ちたんやろか？

けれども何に目醒めるのか、いっこうにわからなかった。

美央子は空のほうへ何となく顔をむけ、まぶしいので目を閉じた。

全部うちの思い違いやったとしたら？

初子と松男のことである。

それにしても、やっぱり松男について思い違いでないものもあるのかもしれない。彼の初子への思いがずっと底流していたとも思える。

けれども自分が好きな男に好かれなかったことだけは思い違いでない。それが自分を割っていて、その長い割れ目は、生きていくかぎりの日々の長さのようだ。

お姉さん、おかしな言い方しゃはった、愛する、て。

美央子は初子と最後に言い合った一言一句を思い出そうとしてみたが、うまくいかず、おまけに、あの時の言葉のすべてに、きらりと光る暈がかかっている。

美央子は庭を歩きまわる。自分一人ではないみたいだ。それは、まだ生きている山本ますみのことではかならずしもなかった。

P+D BOOKS ラインアップ

東京セブンローズ（上）	井上ひさし	●戦時下の市井の人々の暮らしを日記風に綴る
東京セブンローズ（下）	井上ひさし	●占領軍による日本語ローマ字化計画があった
天上の花・蕁麻の家	萩原葉子	●萩原朔太郎の娘が描く鮮烈なる代表作２篇
海軍	獅子文六	●「軍神」をモデルに描いた海軍青春群像劇
若い人（上）	石坂洋次郎	●若き男女の三角関係を描いた〝青春文学〟の秀作
若い人（下）	石坂洋次郎	●教師と女学生の愛の軌跡を描いた秀作後篇

P+D BOOKS ラインアップ

終わりからの旅（上）	辻井 喬	●異母兄弟の葛藤を軸に、戦後史を掘り下げた大作
終わりからの旅（下）	辻井 喬	●異母兄弟は「失われた女性」を求める旅へ
ある女の遠景	舟橋聖一	●時空を隔てた三人の女を巡る官能美の世界
怒りの子	高橋たか子	●三人の女性の緊迫した〝心理劇〟は破局の道へ
三つの嶺	新田次郎	●三人の男女を通して登山と愛との関係を描く
硫黄島・あゝ江田島	菊村 到	●不朽の戦争文学「硫黄島」を含む短編集

（お断り）

本書は１９８５年に講談社より発刊された単行本を底本としております。あきらかに間違いと思われるものについては訂正いたしましたが、基本的には底本にしたがっております。また、一部の固有名詞や難読漢字には編集部で振り仮名を振っています。

本文中には坊主、田舎、老女などの言葉や人種・身分・職業・身体等に関する表現で、現在からみれば、不当、不適切と思われる箇所がありますが、著者に差別的意図のないこと、時代背景と作品価値とを鑑み、著者が故人でもあるため、原文のままにしております。差別や侮蔑の助長、温存を意図するものでないことをご理解ください。

高橋たか子（たかはし たかこ）
1932年（昭和7年）3月2日—2013年（平成25年）7月12日、享年81。京都府出身。1985年に『怒りの子』で第37回読売文学賞を受賞。代表作に『空の果てまで』『ロンリー・ウーマン』など。

P+D BOOKS

ピー プラス ディー ブックス

P+Dとはペーパーバックとデジタルの略称です。
後世に受け継がれるべき名作でありながら、現在入手困難となっている作品を、
B6判ペーパーバック書籍と電子書籍で、同時かつ同価格にて発売・配信する、
小学館のまったく新しいスタイルのブックレーベルです。

怒りの子

2021年2月15日　初版第1刷発行

著者　高橋たか子
発行人　飯田昌宏
発行所　株式会社　小学館
〒101-8001
東京都千代田区一ツ橋2-3-1
電話　編集　03-3230-9355
販売　03-5281-3555
印刷所　大日本印刷株式会社
製本所　大日本印刷株式会社
装丁　おおうちおさむ（ナノナノグラフィックス）

ISBN978-4-09-352409-4

P+D BOOKS